U0910591

二晏词鉴赏辞典

上海辞书出版社文学鉴赏辞典编纂中心编

上海辞书出版社

《二晏词鉴赏辞典》领衔撰稿

周汝昌　缪　钺　刘逸生　叶嘉莹

刘学锴　徐培均　余恕诚　周啸天

撰稿人(按姓氏笔画排列)

王双启　孔燕妮　叶嘉莹　刘学锴　刘竟飞　刘逸生

刘德重　刘燕歌　许理绚　余恕诚　陈长明　陈永正

陈邦炎　陈祥耀　周汝昌　周啸天　胡国瑞　钟　陵

顾伟列　徐培均　黄拔荆　蒋哲伦　缪　钺　潘君昭

责任编辑　霍丽丽

【前言】

【前言】

二晏，指宋代晏殊及其子晏幾道。父子二人在宋代词坛上占有重要位置，尤其是晏殊，其词的创作对后世的影响极为深远。

晏殊（991—1055）字同叔。抚州临川（今属江西）人。真宗景德二年（1005），以神童召试，赐同进士出身，官至翰林学士、右庶子。仁宗朝，曾出知应天府，后召拜为御史中丞，累官至集贤殿大学士，同中书门下平章事，兼枢密使。曾先后知宋州、颍州、陈州、许州、永兴军、河南府兼西京留守。卒谥元献。

晏殊为北宋文坛重要作家，素有文名，历任要职，知人善任，范仲淹、欧阳修、韩琦、富弼等皆得其举荐。与梅尧臣、张先等友善。词最工，风格清丽疏朗，脱去花间派浓艳浮靡之习，在当时词坛独具一格。今存一百三十余首，代表作有《浣溪沙》（一曲新词酒一杯）、《清平乐》（红笺小字）、《山亭柳赠歌者》等。至其诗文，《宋史》本传评："文章赡丽，应用无穷，尤工诗，闲雅有情思。"诗存一百三十余首，文十余篇。有《晏元献遗文》、《珠玉词》传世。

晏幾道（1038—1110）字叔原，号小山，晏殊第七子。熙宁七年，因郑侠上书请罢新法，受牵连获罪。元丰五年监颍昌府许田镇，手写自作长短句，上府帅韩维。后去职退居京城赐第，不践诸贵之门。为人真率疏放，清高孤介，故落拓一生。早岁流连酒席歌舞间，以词遣怀，常于沈廉叔、陈君龙家作词付莲、鸿、蘋、云诸女演唱。后家道中落，故词多追怀旧情，不胜今昔盛衰之感，低回宛转，凄楚沉挚。词体多用小令，于慢词、铺叙日盛之时，独能守《花间》传统，故陈振孙曰："叔原词在诸名胜中，独可追逼'花间'，高处或过之。"（《直斋书录解题》）。其词深婉秀丽，有别于其父之温润闲雅，故清况周颐曰:“珠玉比花中之牡丹,小山其文杏乎?”(《蕙风词话》未刊稿)有《小山词》留世。

本书是本社中国文学名家鉴赏辞典系列之一。精选“二晏”代表作品81篇,其中晏殊词34篇,晏幾道词44篇,附晏殊诗2篇,晏幾道诗1篇,另请当代文学研究专家为每篇作品撰写鉴赏文章。其中诠词释句,发明妙旨,有助于读者更好地领略晏殊温婉典雅,晏幾道凄楚沉挚、深婉秀逸的创作风格。另外,书末还有附录《二晏生平与文学创作年表》,供读者参考。不当之处,尚祈读者指正。

上海辞书出版社文学鉴赏辞典编纂中心

2015.10

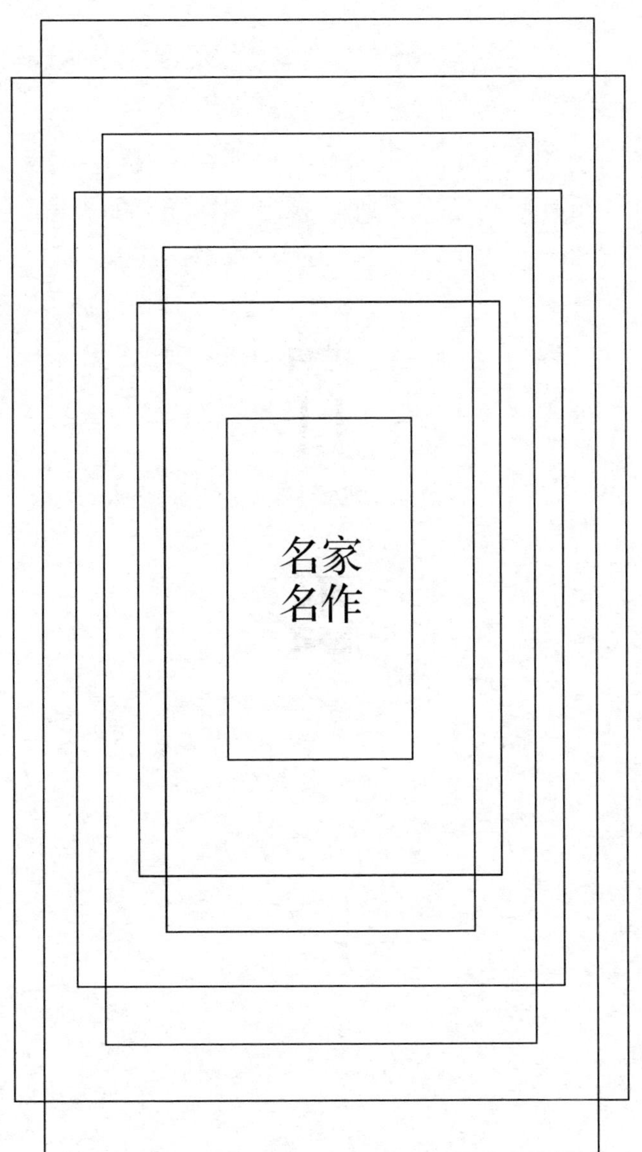

周汝昌 缪钺 刘逸生 叶嘉莹 刘学锴 徐培均 余恕诚 周啸天等撰写

【目录】

大晏词

【目录】

小晏词

大晏诗

小晏诗

附录

【大晏词】

【原文】

破阵子

海上蟠桃[①]易熟，人间好月长圆。惟有擘钗分钿[②]侣，离别常多会面难。此情须问天。　　蜡烛到明垂泪[③]，熏炉尽日生烟。一点凄凉愁绝意，谩道[④]秦筝[⑤]有剩弦。何曾为细传。

〔注〕 ① 蟠桃：古代神话中的仙桃。王充《论衡·订鬼》引《山海经》："沧海之中，有度朔之山，上有大桃木，其蟠屈三千里。"《太平广记》卷三引《汉武内传》王母赠汉武帝仙桃四颗，且曰："此桃三千年一生实，中夏地薄，种之不生。"此处反用其典。 ② 擘钗分钿：指情侣分离。语出白居易《长恨歌》："唯将旧物表深情，钿合金钗寄将去。钗留一股合一扇，钗擘黄金合分钿。" ③ "蜡烛"句：出自杜牧《赠别》："蜡烛有心还惜别，替人垂泪到天明。" ④ 谩道：空道。 ⑤ 秦筝：筝是古代一种弦乐器，相传为秦人蒙恬所造。

《破阵子》，原唐教坊曲，一名《十拍子》。《秦王破阵乐》为唐开国时之大型武舞曲，据陈旸《乐书》："舞用二千人，皆画衣甲，执旗旆。外藩镇春衣犒军设乐，亦舞此曲，兼马军引入场，尤壮观也。"《破阵子》为双调小令，当是截取《秦王破阵乐》之一段。六十二字，上下片皆三平韵。此调初见晏殊《珠玉词》，作者用之谱写闲愁别恨与男女相思，供歌妓当筵献唱。

此词内容单纯，从女性角度抒写相思之苦。上阕以蟠桃易熟和好月长圆来反衬情侣间的聚少离多。蟠桃三千年一熟，主人公却认为它"易熟"，明月一月只圆一次，主人公却认为它"长圆"，这都是反语、无奈语、苦闷语，欲说其与情人会面之难尤甚于桃熟月圆而已。结句“此情须问天”，既是将此情质问苍天，为何相会如此之难？也是将爱情的前途托付苍天，希望冥冥中能得到指示。

下阕第一句化用杜牧诗句，但却不是描写离别之情，而是别后之情。蜡烛与熏炉是女主人公卧室之物，象征了她的生活状态。它们一个“到明垂泪”，一个“尽日生烟”，可见从日到夜，从夜到明，痛苦无时无刻不在折磨女主人公的内心。接下来三句亦是反语、无奈语、苦闷语。“我”心中的忧愁已经到了极端难以忍耐的程度，然而秦筝空有那么多弦，却完全不能替“我”传情达意。痛苦不仅无人可诉，甚至于根本无从表达，这是更深一层的悲哀。

此词在立意上无甚新意，长处在于能用鲜明的物象来衬托和渲染相思之苦。蟠桃本不易熟，好月本不长圆，作者却偏偏写它们“易熟”、“长圆”，看似无理而实则有理。所谓一日不见如隔三秋，情人久别难会，几乎分分秒秒都是煎熬，心理时间又何止三千年而已。蜡烛自然垂泪，熏炉自然生烟，似乎是天经地义之事，然而作者偏偏将它们拈出，加一“到明”和“尽日”，化无情为有情，渲染出永不间断、永无休歇的相思之苦。

作者精心选择意象，并且巧妙安排，从神话中的蟠桃到自然界的明月，再到随时可见的蜡烛与熏炉，最后到贴身抚弄的秦筝，意象从高到低、从远到近，象征着女主人公的情感从激越到悲苦，从高亢到呜咽。她从抬头望天到低头抚筝，视角越来越低，心情也越来越哀寂悲凉。到此，作者可谓写足了“一点凄凉愁绝意”。

（孔燕妮）

【原文】

破阵子

燕子欲归时节，高楼昨夜西风。求得人间成小会，试把金尊傍菊丛。歌长粉面红。　　斜日更穿帘幕，微凉渐入梧桐。多少襟怀言不尽，写向蛮笺[①]曲调中。此情千万重。

〔注〕 ① 蛮笺：谓蜀笺，唐时四川地区所造彩色花纸。又，唐代高丽纸的别称。宋顾文荐《负暄杂录》："唐中国纸未备，多取于外夷，故唐人诗多用蛮笺字，亦有谓也。高丽岁贡蛮纸，书卷多用为衬。"

此词是赠妓词，写作者与一位歌女在筵席中相会、别离，摹写会时之景和别后之情。上阕先写景再叙事。首二句交代季节与时间。"燕子欲归"总写时节已经初秋，"昨夜西风"则写明了具体时段。"高楼"是作者的居所。古人云："高台多悲风。"（曹植《杂诗》）居住在高处更易体察物象迁移与时节变易，如晏殊本人的名句"昨夜西风凋碧树，独上高楼，望尽天涯路。"（《蝶恋花》）作者居处高楼之上，敏感地察觉到秋天已经来临。普通人在这时候不免伤感悲秋，而作者却更加珍惜有限的韶华，"求得人间成小会"，努力争取和情人在筵席上相会，听她为他放歌一曲，倾诉情肠。"歌长粉面红"，歌长是因为情长，而粉面红不仅是因为喝酒，也不仅是因为唱歌，而更多是因为两情相悦的兴奋。

下阕由写景转入叙事与抒情。"斜日更穿"说明筵席已将结束，"微凉渐入"说明夜晚已将来临。离别的时刻就要到了，然而作者的万般情思无法尽诉，只能寄托在歌词之中送给情人。"曲调"中既蕴含着"多少襟怀"，

“此情千万”，那就无怪乎她的歌声如此之“长”，粉面如此之“红”了。末句呼应上篇，结构完整。

此词熔写景、叙事、抒情于一炉，清新雅洁，细腻微妙。燕子归而曰“欲”，成小会而曰“求”，把金尊而曰“试”，正是将归未归之时、求而得之之乐、且惊且喜之情。“斜日更穿帘幕”，斜日又一次穿过帘幕。“微凉渐入梧桐”，梧桐落叶更多，更觉风凉，可见今日之秋盛于昨日。“更穿”是每日所同，“渐入”是每日所异。时节就在轮回循环的“同”与悄然渐变的“异”中慢慢迁移。这句和晏殊《浣溪沙》名句“无可奈何花落去，似曾相识燕归来”有异曲同工之处，虽然不若后者朗朗上口，细品之下亦别有滋味。燕子虽然归来，已非去年之燕，而斜日更穿帘幕，却仍是昨日之斜阳。花落只在一瞬间，而梧桐落叶则缓慢而悠长。这两句蕴含着一种不同于单纯伤感的疏隽清凉之意，甚堪回味。在这种情调与氛围中，后三句所表达的感情也更加隽永清新，别有一番风流标格。叶嘉莹认为这三句“虽作艳语，终有品格”，颇为恰当。

晏殊词格局不阔，风格单一，内容大都是饮酒听歌，相思别离，感叹春秋代序、日月不淹，但他的审美感官异常敏锐，文字精妙自然，情思悠远细腻，意境兼具诗人之美与哲人之思，在名家辈出的北宋词坛独树一帜，无可取代，即使是一首并不出名的小词，也仍然具备一流的审美质素。

（孔燕妮）

浣溪沙

一曲新词酒一杯，去年天气旧亭台。夕阳西下几时回？　无可奈何花落去，似曾相识燕归来。小园香径独徘徊。

【鉴赏】

这是晏殊一首脍炙人口的小令。它语言圆转流利，明白如话，意蕴却虚涵深广，能给人以一种哲理性的启迪。

“一曲新词酒一杯，去年天气旧亭台。”起句写对酒听歌的现境。从复叠错综的句式、轻快流利的语调中可以体味出，词人在面对现境时，开始是怀着轻松喜悦的感情，带着潇洒安闲的意态的。但边听边饮，这现境却又不期然而然地触发了他对“去年”所历类似境界的追忆：也是和今年一样的暮春天气，面对的也是和眼前一样的楼台亭阁，一样的清歌美酒。然而，在似乎一切依旧的表象下又分明感觉到有的东西已经起了难以逆转的变化，这便是悠悠流逝的岁月和与此相关的一系列人事。于是词人不由得从心底涌出这样的喟叹：“夕阳西下几时回？”夕阳西下，是眼前景。但词人由此触发的，却是对美好景物情事的流连，对时光流逝的怅惘，以及对美好事物重现的微茫的希望。这是即景兴感，但所感者实际上已不限于眼前的情事，而是扩展到整个人生，其中不仅有理念活动，而且包含着某种哲理性的沉思。夕阳西下，是无法阻止的，只能寄希望于它的东升再现，而时光的流逝、人事的变更，却再也无法重复。整个上片，实际上和刘希夷《代悲白头翁》“年年岁岁花相似，岁岁年年人不同”的意蕴大体相似，不过表现方式要委婉含蓄得多。

“无可奈何花落去，似曾相识燕归来。”这首词的出名，和这一联工巧而浑成、流利而含蓄的对句很有关系，在用虚字构成工整的对仗、唱叹传神方面表现出词人的巧思深情。但更值得玩索的倒是这一联所含的意蕴。花的凋落，春的消逝，时光的流逝，都是不可抗拒的自然规律，虽然惋惜流连也无济于事，所以说：“无可奈何”，这一句承上“夕阳西下”；然而在这暮春天气中，所感受到的并不只是无可奈何的凋衰消逝，而是还有令人欣慰的重现，那翩翩归来的燕子不就像是去年曾在此处安巢的旧时相识吗？这一句应上"几时回"。花落、燕归虽也是眼前景,但一经与"无可奈何"、"似曾相识"相联系,它们的内涵便变得非常广泛,带有美好事物的象征的意味。在惋惜与欣慰的交织中,蕴含着某种生活哲理:一切必然要消逝的美好事物都无法阻止其消逝,但在消逝的同时仍然有美好事物的再现,生活不会因消逝而变得一片虚无。只不过这种重现毕竟不等于美好事物的原封不动地重现,它只是"似曾相识"罢了。因此,在有所慰藉的同时又不觉感到一丝惆怅。如果说,上片着重抒写了对不变表象下所包含的变化的感喟,那么下片这一联则进一步抒写了消逝中的重现、重现中的变化,以及词人对这种现象的感受与思索。

"小园香径独徘徊。"末句是在惋惜、欣慰、怅惘之余独自的沉思:在小园落英缤纷的小路上,词人独自徘徊着、沉思着,像是要对所见所感所思来一番深沉的反省与思索,对上述现象的底蕴求得一个答案。或以为这个结尾艺术上不及另一首《浣溪沙》的结尾"不如怜取眼前人",但那一句是即转即收,这一句却是上文的余波,作用不同,写法也就有别。

（刘学锴）

浣溪沙

红蓼花香夹岸稠,绿波春水向东流。小船轻舫好追游。　　渔父酒醒重拨棹,鸳鸯飞去却回头。一杯销尽两眉愁。

宋初词人,多承花间余绪。而所谓花间词风,大体又可以分成绮靡香

【鉴赏】

艳和婉约清丽两种。前一种，主要是延续了晚唐传统。后一种，则主要是滥觞于南唐。刘攽曾说“晏元献尤喜冯延巳词，其所自作，亦不减延巳”（《中山诗话》）。晏殊继承的主要是南唐词风，但对南唐词风亦有所推进和发展。晏殊的词作，不仅承传了冯延巳词中已出现的生命意识，而且有意识地摒弃了五代词中那些充满脂粉气的描写，使得词进一步士人化。不同时代的士人有不同的风尚标准，这里的士人，主要是就宋代的士大夫而说的。优秀的宋代士大夫，通常富有修养而又沉静内敛，身上既有入世性的担当又有出世性的超然。这种超然性反映到诗词上，就是他们在创作之时常常避开对生活的直接描写，而去追求一种超世俗的“气象”或者情怀。吴处厚《青箱杂记》卷五曾有一段话说到“气象”：“晏元献公虽起田里，而文章富贵，出于天然。尝览李庆孙《富贵曲》云：‘轴装曲谱金书字，树记花名玉篆牌。’公曰：‘此乃乞儿相，未尝谙富贵者。’故公每吟咏富贵，不言金玉锦绣而唯说其气象。若‘楼台侧畔杨花过，帘幕中间燕子飞’，‘梨花院落溶溶月，柳絮池塘淡淡风’之类是也。故公自以此句语人曰：‘穷儿家有这景致也无？’”可见，所谓“气象”，其实就是要求作者实现对基本世俗的超越，进而体现出一种安之若素的超然情怀。气象与情怀，是真正的富贵生活的两面。明白了这一点，也就很容易理解晏殊的这篇“富贵”词了。

“红蓼花香夹岸稠，绿波春水向东流。”写景甚是动人。以红配绿，极有视觉感。以花香配流水，静态中又包含动感。红蓼花期在六月到九月，故词中所写，当是一幅夏日丽景。“小船轻舫好追游。”此句接得极轻快。既有此兴，便能有此游，能具此条件者，想必亦非普通人了。

“渔父酒醒重拨棹，鸳鸯飞去却回头。”此又写游览之情景。渔父，在中国的文学传统中，常常是世外高人或是隐士的代表。楚辞《渔父》：“渔父曰：‘圣人不凝滞于物，而能与世推移。世人皆浊，何不淈其泥而扬其波？众人皆醉，何不餔其糟而歠其醨？何故深思高举，自令放为？’”这里的渔父，显然就是个有思想的世外高人。大晏所写之渔父虽非得道之隐士，但其酒醒而拨棹，任情醉醒的洒脱神态，仍然可以想见。船的移动，使鸳鸯受到了惊吓，猛然飞去，这是画面由静态向动态的转变。鸳鸯飞去，却又回头，这倒又为这画面增添了几分人情味。结句，"一杯销尽两眉愁"，是写作者面对如此的风光，不觉消解了所有愁绪。但是，这愁绪到底是因何而起，作者却始终没有说明。这种含蓄，大约和冯延巳"独立小桥风满袖"（《鹊踏枝》）的含蓄类似，也是属于所谓富贵风度的一种吧。

《青箱杂记》卷五说晏殊尤爱韦应物的诗，只因其诗"全没些脂腻气"。又说他曾"于文章尤负赏识，集梁《文选》以后迄于唐别为集，选五卷，而诗之选尤精，凡格调猥俗而脂腻者皆不载也"。由此可以见出晏殊对清雅婉丽文风的喜好。而清雅婉丽四字，用来形容本词，却也刚好。本词设色明丽，语浅而不俗，更重要的，是其中始终投射出一种雍容的大家气度。唯有大家，方能对世俗中的一切轻松把握，也唯有在对世俗中的一切轻松把握之后，人才能回归那种自然而又超然的生活态度。从这一点理解去，本词中虽未写什么富艳的景物，但从"气象"上来看，终究也还是一首"富贵"之词。

（刘竞飞）

浣溪沙

小阁重帘有燕过，晚花红片落庭莎。曲栏干影入凉波。　一霎好风生翠幕，几回疏雨滴圆荷。酒醒人散得愁多。

这首词表现的是晏殊这位太平宰相在"酒醒人散"之后，一种索寞怅惘

【鉴赏】

的心情。

上片从写景入手。劈头“小阁重帘有燕过”点出环境与时令。此句看似平淡，实乃传神一笔，有破空而来之势。这匆匆一过的穿帘燕子，莫非是远方使者，给帘内人传递了春将归去的消息。像在平静的水面投下一枚小石，立刻泛起层层波澜。一下子打破了小阁周围宁静的空气，起着沟通重帘内外的作用。阁中人目随燕影，看到“晚花红片落庭莎”。原来时已暮春，庭院满地落红。“晚”，一指傍晚，朝花夕谢，形容落花的时间，一指晚春，花事凋零，形容落花的节令。春末多雨，更兼庭中少行迹，满庭莎草已是一派浓绿。“红片”与“庭莎”，绿肥红瘦，相映成趣。“曲栏干影入凉波”，庭院中池边的曲曲栏干，倒影于池塘碧波之中。“凉波”的“凉”既是时已入暮，池水生凉的真实写照，又何尝不是个中人此时此地的心境凄凉的折光反射？

以上三句写的是帘外景物，从视觉所及落笔。“重帘”、“过燕”、“晚花”、“庭莎”、“曲栏”、“凉波”诸意象所组成的画面，其色泽或明或暗，或浓或淡，或动或静，使整个庭院呈现出一片凄清冷落。虽然主人公尚未露面，但他的处境、心曲，已跃然纸上了。

换头两句由帘外转入帘内，从听觉着墨，写阁中人的感受。“一霎”、“几回”乃互文。虽说是“好风”、“疏雨”，小阁里的人却听得分明，感得真切，可见环境是何等的静，人是多么孤独。上句“翠”、“生”二字，一为冷色，一为动态，这种化虚为实的描写，把周围的景物写活了，给人以质感。好风入槛，翠幕生寒，孤身独处，岂不难堪？下句写“圆荷”，疏雨滴在嫩绿的荷叶上，声音本是极细极微，但偏偏阁中人却听得清清楚楚。帘外之凄清冷落如彼，帘内之空虚寂静如此，这一切本是足以生愁了，何况又值“酒醒人散”之后。末句一反前文纯用景语的格局，以情语作结，总束全词。兴起感情波澜，似神龙掉尾，极有跌宕之致。词中主人公的感情发展很有层次，由表及里，由浅入深，曲尽人物的心理变化。

吴处厚《青箱杂记》卷五记载："晏元献公虽起田里，而文章富贵，出于天然。尝览李庆孙《富贵曲》云：'轴装曲谱金书字，树记花名玉篆牌。'公曰：'此乃乞儿相，未尝谙富贵者。'故公每吟咏富贵，不言金玉锦绣而唯说其气象。若'楼台侧畔杨花过，帘幕中间燕子飞'，'梨花院落溶溶月，杨柳池塘淡淡风'之类是也。故公自以此句语人曰：'穷儿家有这景致也无？'"这段话颇能道出晏殊富贵词的独特风格。这首词前五句描写景物重在神情，不求形迹，细节刻画，取其精神深合密契，不在于金玉锦绣字面的堆砌，而在于色泽与气氛上的渲染，故能把环境写得博大高华，充满富贵气象。所以词中所表达的思想既不是伤春女子的幽愁，又不是羁旅思乡游子的离愁，更不是感时闵乱的深愁，而是富贵者的叹息时光易逝，盛筵不再，美景难留的淡淡闲愁。

（黄拔荆）

浣溪沙

湖上西风急暮蝉，夜来清露湿红莲。少留①归骑②促③歌筵④。　　为别⑤莫辞金盏⑥酒，入朝须⑦近玉炉烟⑧。不知重会是何年。

〔注〕 ① 少留：短时间停留。 ② 骑(jì)：一人一马的合称。 ③ 促：坐近。 ④ 歌筵：有歌者唱歌劝酒的宴席。南朝梁何逊《拟〈青青河畔草〉》诗："歌筵掩团扇，何时一相见？" ⑤ 为别：分别。唐李白《送友人》诗："此地一为别，孤蓬万里征。" ⑥ 金盏：酒杯的美称。 ⑦ 须：应当。 ⑧ 玉炉：玉制的香炉，古代宫廷常见熏香器皿，或是陈设于书房以供观赏。

此处玉炉烟乃皇帝的代称，这种用法在晏殊词中频现，如《喜迁莺》："金炉暖，炉香远，共祝尧领万万。"《喜迁莺》："千官心在玉炉香，圣寿祝天长。"

【鉴赏】

宋仁宗天圣五年(1027)，三十七岁的晏殊因其刚峻的性格被免去了枢密副使之职，以刑部侍郎贬知宋州(今河南商丘市南)。据张草纫推断，此词作于天圣六年(1028)。是年晏殊被召回京，拜御史中丞。这首小词描写的便是回京前夕在宋州南湖饯别的场景。作者以景起兴，逐渐转向歌筵现场，叙写了举酒话别时的真情寄语，在相见渺茫的惆怅中收束，寥寥几笔，把离别场景勾勒得鲜活而动情，也透露了晏殊被贬后急于回京的心情。

上阕以景物起笔，点出了离任的时间——暮夏时节。细腻描摹四季景象的迁转，是晏殊词述说情怀的鲜明特色。此处景物不仅暗示了时间的推移，更重要的是透露了心情的变化。人在黄昏暮色中，感觉到西风拂面，暑气袭来，似乎蝉也焦躁不安，加速了鸣叫。因为离别的焦虑，所以暮蝉之"急"乃是最强烈的感受。夜色来临，周围的气氛变得安静，人的情绪也稍微平静，于是安静下来欣赏那被清露打湿的红莲，顿觉神清气爽。心情的平稳才促使离别者坐近"歌筵"，参与这饯别的盛宴。上阕的三句，蝉声"急"意味着归人心急，"少留"意味不愿久留，"归骑"暗示归心似箭，"促"是坐近，却也暗示着催促上路的心情，字句之间透露出晏殊迫切归京的心情。

下阕选取了筵席间话别的情景来呈现离别的情意。作者犹如摘录了友人的话来营造现场感。"为别"二句可视为送别者对晏殊的寄语。一劝他"莫辞金盏酒"，因为这酒杯中盛满了挚情厚意；二劝他"须近玉炉烟"，希望他回朝后应尽可能多接近皇帝，才能仕途平稳。这直白的言语在离别时分丝毫不显做作，也没有世故庸俗之感，只是朋友间诚朴的心声。送别的话大概也浇中了晏殊复杂的心绪块垒，于是他深长地感慨"不知重会是何年”，向歌筵中的友人们表达了依依不舍之情。

这首小令内容虽取自普通的日常生活场景，然叙事婉转，立意含蓄，语言清雅不腻，确是一篇淡雅内敛之作。

此次饯别歌筵，晏殊共作词两首，另一首与本篇句意声气呼应，相得益彰，亦录于此：

杨柳阴中驻彩旌，芰荷香里劝金觥。小词流入管弦声。只有醉吟宽别恨，不须朝暮促归程。雨条烟叶系人情。

（刘燕歌）

浣溪沙

一向年光有限身，等闲离别易销魂。酒筵歌席莫辞频。　满目山河空念远，落花风雨更伤春。不如怜取眼前人。

这是《珠玉词》中的别调。大晏的词作，用语明净，下字修洁，表现出闲雅蕴藉的风格；而在本词中，作者却一变故常，取景甚大，笔力极重，格调遒上。抒写伤春念远的情怀，深刻沉着，高健明快，而又能保持一种温婉的气象，使词意不显得凄厉哀伤，这是本词的一大特色。

“一向年光有限身”，劈空而来，语甚警炼。“一向”，即一晌，一会儿。片刻的时光啊，有限的生命！词人的哀怨是永恒的，那是无法抗拒的自然规律，谁不希望美好的年华能延续下去呢？惜春光之易逝，感盛年之不再，这虽是《珠玉词》中常有的慨叹，而本词中强烈地直接呼喊出来，便有撼人心魄的效果。紧接“等闲”句，加厚一笔。“黯然销魂者，唯别而已矣！”（江

【鉴赏】

淹《别赋》)可是,词中所写的,不是绝国千里的生离,更不是沥泣抆血的死别,而只不过是寻常的离别而已!"等闲"二字,殊不等闲,具见词人之深于情。在短暂的人生中,别离是不只一次会遇到的,而每一回离别,都占去有限年光的一部分,这怎不令人"易销魂"呢?词人唯有强自宽解:"酒筵歌席莫辞频"。痛苦是无益的,不如对酒当歌,自遣情怀吧。"频",谓宴会的频繁。叶梦得《避暑录话》载,晏殊"惟喜宾客,未尝一日不宴饮,每有嘉客必留,留亦必以歌乐相佐","日以饮酒赋诗为乐,佳时胜日,未尝辄废"。"酒筵歌席",即指这些日常的宴饮。近人或谓是"别宴离歌",非是。这句写及时行乐,聊慰此有限之身。

换头二语,忽作变徵之声。气象宏阔,意境莽苍,以健笔写闲情,兼有刚柔之美,是《珠玉词》中不可多得的佳句。两句是设想之辞。若是登临之际,放眼辽阔的河山,徒然地怀思远别的亲友;就算是独处家中,看到风雨摧落了繁花,更令人感伤春光易逝。李峤《汾阴行》:"山川满目泪沾衣,富贵荣华能几时?"词语本此,所感亦大矣!李商隐《杜司勋》诗又云:"刻意伤春复伤别,人间只有杜司勋。"大晏正不欲刻意去伤春伤别,故要想办法从痛苦中解脱出来。如果我们只把它解释为"就眼前景物,说明怀念之深",或是"风雨惜别",则嫌过于质实了。吴梅《词学通论》特标举此二语,认为较大晏的名句"无可奈何花落去,似曾相识燕归来"胜过十倍而人未之知。吴氏之语虽稍偏颇,而确是能独具只眼。当然,"无可奈何"二语固不失为好句,惜其于貌似自然之中而实不自然,人工雕饰之迹颇露,似伤于尖巧,而"满目山河"二语,"重、拙、大"兼而有之,《珠玉词》中仅此而已。

"不如怜取眼前人!"元稹《会真记》载崔莺莺诗:"还将旧来意,怜取眼前人。"本词意谓去参加酒筵歌席,好好爱怜眼前的歌女。作为富贵宰相的晏殊,他不会让痛苦的怀思去折磨自己,也不会沉湎于歌酒之中而不能自拔,他要"怜取眼前人",也只是为了眼前的欢娱而已,这是作者对待生活的一贯态度。

本词是《珠玉词》的代表作。词中所写的并非一时，所感的也非一事，而是反映了作者人生观的一个侧面：悲年光之有限，感世事之无常；慨叹空间和时间的距离难以逾越，慨叹对已消逝的美好事物的追寻总是徒劳，在山河风雨中寄寓着对人生哲理的探索。词人幡然感悟，认识到要立足现实，牢牢地抓住眼前的一切。他再三地吟唱："春光一去如流电。当歌对酒莫沉吟，人生有限情无限。"(《踏莎行》)"不如怜取眼前人，免更劳魂兼役梦。"(《木兰花》)这里所表现的思想，颇类似曾风靡法国以至欧美的存在主义。本来词意是颇为颓靡的，但词人却把这种感情表现得很旷达、爽朗，具见其胸襟与识度。

在章法结构上，这首小令也别具特色。上片三句，一气呵成而又笔意曲折，"半首中无一平笔"(俞陛云《宋词选释》)，把人生短暂、及时行乐的主题突出。过片后，"满目"句紧承"等闲离别"，"落花"句紧承"一向年光"，举出两个事例，补足"有限身"和"易销魂"之意，上下两片便融合无间。末句补足"酒筵歌席"句意，故作排解之语，轻轻宕开，回复主题。全词结构严密，虚实呼应，刚柔相济，以长调章法入于小令中，全词内涵更显丰满。可以说，本词无论在思想内容和艺术手法上，已基本脱出"花间"、南唐的范围了。

(陈永正)

浣溪沙

玉碗冰寒滴露华，粉融香雪透轻纱。晚来妆面胜荷花。　鬟亸欲迎眉际月，酒红初上脸边霞。一场春梦日西斜。

【鉴赏】

此词绝艳，当从“花间”一派衍出。然其丽而不密，婉妙有致，自有出蓝之处。

长夏斜阳欲暮，丽人昼梦方醒。晚妆初罢，酒脸微醺。词人迅速摄下这一摇人心魄的镜头。

首句写室内特定的景物：玉碗中盛着莹洁的寒冰，碗边凝聚的水珠若露华欲滴。古时富贵人家，严冬时把冰块收藏在地窖中，夏天取用，以消暑气。一“寒”字正反衬出室中的热。接着，镜头摇到室中人的身上：她粉汗微融，透过轻薄的纱衣，呈露出芬芳洁白的肌体；晚来浓妆的娇面，更胜似丰艳的荷花。二、三句设喻。用意用语均似“花间”。“粉融”，谓脂粉与汗水融和。不点出“汗”字，正是作者高明之处。若五代牛峤《女冠子》词“粉融香汗流山枕”，便不能给人以美的感受了。“香雪”借喻女子肌肤的芳洁，虽亦古诗词中常用之语，但在本词中却有特殊的意义，它跟“冰寒”句配合，在盛夏中得清凉之意。以“玉”、“冰”、“粉”、“雪”之白，衬托“妆面”之红，上半阕之意始出，写夏日黄昏女子妆罢的情景，真如一幅优美的彩照。

过片后，是两个特写镜头：她那下垂的鬓发，已靠近眉间额上的月形妆饰；微红的酒晕，又如红霞飞上脸边。两句写女子微醉的情态，艳而不俗，细而不纤。古时女子的面饰，有以黄粉涂额成圆形为月，因位置在两眉之间，故词称“眉际月”。李商隐《蝶》诗之三“八字宫眉捧额黄”，似即指此。“欲迎”、“初上”，形容绝妙。不独刻画之工，且见词人欣赏之情。“月”与“霞”，语意双关。既是隐喻女子的眉和脸，也是黄昏时的实景。我们也可以想象这位美艳的姑娘，晚妆初过，穿着件单薄的纱衣，盈盈伫立，独倚暮霞，悄迎新月。小晏《蝶恋花》词“斜贴绿云新月上，弯环正是愁模样”，似从此化出，而转觉辞费意尽了。

“一场春梦日西斜”，读者才恍然大悟，原来上边五句所写的，都是昼眠梦醒后的情景。女子睡起，粉融香汗，重理明妆。“春梦”，谓刚才好梦的短暂。慵困无聊，闲愁闲恨，全词之意，至此全出。末句倒装，“日西斜”三字，与上片“晚来”接应。作者别首《踏莎行》词“一场愁梦酒醒时，斜阳却照深深院”，用意相近，而本词不落言筌，便自神来气来，同为佳作，未可轩轾也。

（陈永正）

蝶恋花

槛菊愁烟兰泣露，罗幕轻寒，燕子双飞去。明月不谙离恨苦，斜光到晓穿朱户。　　昨夜西风凋碧树，独上高楼，望尽天涯路。欲寄彩笺兼尺素，山长水阔知何处！

在婉约派词人许多伤离怀远之作中，这是一首颇负盛名的词。它不仅具有情致深婉的共同点，而且具有一般婉约词少见的境界寥廓高远的特色。它不离婉约词，却又在某些方面超越了婉约词。

起句写秋晓庭圃中的景物：菊花笼罩着一层轻烟薄雾，看上去似乎在脉脉含愁；兰花上沾有露珠，看起来又像在默默饮泣。兰和菊本就含有某种象喻色彩（象喻品格的幽洁），这里用“愁烟”、“泣露”将它们人格化，将主观感情移于客观景物，透露女主人公自己的哀愁。“愁”、“泣”二字，刻画痕迹较显，与大晏词珠圆玉润的语言风格有所不同，但在借外物抒写心情、渲染气氛、塑造主人公形象方面自有其作用。

“罗幕轻寒，燕子双飞去。”新秋清晨，罗幕之间荡漾着一缕轻寒，燕子双双穿过帘幕飞走了。这两种现象之间本不一定存在联系，但在充满哀愁、对节候特别敏感的主人公眼中，那燕子似乎是因为不耐罗幕轻寒而飞去。这里，与其说是写燕子的感觉，不如说是写帘幕中人的感觉——不只是在生理上感到初秋的轻寒，而且在心理上也荡漾着因孤孑凄清而引起的寒意。燕的双飞，更反托出人的孤独。这两句只写客观物象，不着有明显感情色彩的词语，表情非常微婉含蓄。

接下来两句“明月不谙离恨苦，斜光到晓穿朱户”，从今晨回溯昨夜，明点“离恨”，情感也从隐微转为强烈。明月本是无知的自然物，它不了解离恨之苦，而只顾光照朱户，原很自然；既如此，似乎不应怨恨它。但却偏要怨。这种仿佛是无理的埋怨，却正有力地表现了女主人公在离恨的煎熬中对月彻夜无眠的情景和外界事物所引起的枨触的。后来苏轼的《水调歌头》：“转朱阁，低绮户，照无眠，不应有恨，何事长向别时圆？”机杼相类。但苏词清疏豪宕，晏词深婉含蕴，风调自不相同。

“昨夜西风凋碧树，独上高楼，望尽天涯路。”过片承上“到晓”，折回写今晨登高望远。“独上”应上“离恨”，反照“双飞”，而“望尽天涯”正从一夜无眠生出，脉理细密。“西风凋碧树”，不仅是登楼即目所见，而且包含有昨夜通宵不寐卧听西风飘落树叶情景的回忆。碧树因一夜西风而尽凋，足见西风之劲厉肃杀，“凋”字正传出这一自然界的显著变化给予主人公的强烈感受。景既萧索，人又孤独，似乎接着抒写的只能是忧伤低回之音，但却出人意料地展现出一片无限广远寥廓的境界——“独上高楼，望尽天涯路”。这里固然有凭高望远的苍茫百感，也有不见所思的空虚怅惘，但这所向空阔、毫无窒碍的境界却又给主人公一种精神上的满足，使其从狭小的帘幕庭院的忧伤愁闷转向对广远境界的骋望，这是从“望尽”一词中可以体味出来的。所以这三句尽管包含望而不见的伤离意绪，但感情是悲壮的，没有纤柔颓靡的气息；语言也洗净铅华，纯用白描。气象阔大，境界高远，成为全词的警句。

高楼骋望，不见所思，因而想到音书寄远："欲寄彩笺兼尺素，山长水阔知何处！"彩笺，这里指题诗的诗笺；尺素，指书信。两句一纵一收，将主人公音书寄远的强烈愿望与音书无寄的可悲现实对照起来写，更加突出了"满目山河空念远"的悲慨，词也就在这渺茫无着落的怅惘中结束。"山长水阔"和"望尽天涯"相应，再一次展示了令人神远的境界，而"知何处"的慨叹则更增加摇曳不尽的情致。

这首词的上下片之间，在境界、风格上是有区别的。上片取境较狭，风格偏于柔婉；下片境界开阔，风格近于悲壮。但上片于深婉中见含蓄，下片于广远中有蕴涵，前者由于表现手法的婉曲，后者由于艺术的概括，全篇仍贯串着意象虚涵这一总的特点。王国维借用词中"昨夜"三句来描述古今成大事业、大学问的第一种境界，虽与词作的原意了不相涉，却和这三句意象特别虚涵，便于借题发挥分不开。

（刘学锴）

菩萨蛮[①]

高梧叶下秋光晚[②]，珍丛[③]化[④]出黄金盏[⑤]。还似去年时，傍阑三两枝。　　人情[⑥]须[⑦]耐久[⑧]，花面[⑨]长依旧。莫学蜜蜂儿，等闲[⑩]悠飏[⑪]飞。

〔注〕 ① 菩萨蛮：唐教坊曲名。后用为词牌。又名《子夜歌》、《重迭金》。小令四十四字，前后阕各两仄韵转两平韵。唐苏鹗《杜阳杂编》卷下载，唐宣宗大中初年，女蛮国（唐时位于下缅甸的罗摩国）进贡，其人装束"危髻金冠，璎珞被体"，颇像菩萨形象，故称之为"菩萨蛮队"，当时倡优因此制《菩萨蛮曲》。明杨慎《丹铅总录・诗话・菩萨鬘》云："唐词有'菩萨蛮'，不知

其义。按小说，开元中，南诏入贡，危髻金冠，璎珞被体，故号'菩萨鬘'，因以制曲。” ② 秋光：秋日的风光景色。唐陈子昂《秋日遇荆州府崔兵曹使宴》诗："秋光稍欲暮，岁物已将阑。""高梧"句乃承袭唐诗，如许浑《再游姑苏玉芝观》："高梧一叶下秋初。"李中《新秋有感》："门巷凉秋至，高梧一叶惊。" ③ 珍丛：美丽的花丛。 ④ 化：同"花"。唐代徐寅《萤》："一一照通黄卷字，轻轻化出绿芜丛。" ⑤ 黄金盏：黄蜀葵花形如黄金酒杯。明李时珍《本草纲目》卷十六《草·黄蜀葵集解》："(黄葵)六月开花，大如碗。鹅黄色，紫心六瓣而侧。旦开，午收，暮落。人亦呼为'侧金盏花'"。晏殊《菩萨蛮》："晚来清露滴，一一金杯侧。" ⑥ 人情：人与人之间的情分。⑦ 须：应当，必得。 ⑧ 耐久：能够经久。 ⑨ 花面：花朵，常借指女子如花的面容。韦庄《女冠子》："语多时，依旧桃花面，频低柳叶眉。" ⑩ 等闲：轻易，随便。 ⑪ 悠飏：缓缓翩飞状。

【鉴赏】

晏殊一生仕宦平顺，可谓平步青云，直至后来任相于仁宗朝。这种仕途经历为他提供了丰裕的物质条件，但他情有所寄，不肯浮泛虚度光阴，在文学上成就不凡。当然，也有评家讥其"身处富贵，无病呻吟"。然而晏殊对创作有着清醒的认识，他认为诗歌不仅可以写贫寒的状态和心境，也完全可以表现"富贵气"，且主张应以"景致"和"气象"体现"富贵气"。他的《珠玉词》以"辞致婉约"(清谢章铤语)的语言描写丰裕生活的细节和心情，在北宋初期开风气之先，并在当时诗学界引起强烈反响。这首小词通过对秋日初绽的黄葵花的描写，引申出人情的持久应如花朵年年顺时而开的道理。

上阕描写黄葵花开放的景象，赏花的过程伴随着思绪的流动。高大的梧桐树上有叶子徐徐飘落，秋天的风光已然呈现眼前，但是并没有衰飒的气象，因为就在晚上，黄葵花盎然开放，金黄的花朵如同花叶擎起一个个黄金酒盏，分外妖娆。眼前的景象使作者想起去年黄葵开放的姿态，今年仍旧是依傍着栏杆的三两枝。"高梧"二句，不仅仅是写花这般简单，实则是作者发现了时间流逝时变动不居的生活中不变的一面。正如这黄葵花“还似去年时”，也只有过着平稳生活的作者才能体察到“年年岁岁花相似”的道理。“还似”好像透出无聊与无奈的心绪，有“人貌老于前岁，风月宛然无异”（晏殊《谒金门》）之感，大概晏殊也对自己按部就班、波澜不惊的平淡生活略显厌倦。

下阕则更进一步描述了作者对时间及万物关系的体悟。作者用一正一反的自然描写来揭示这个道理，看到这年年依旧的黄葵花，他自然想到人情也应该如此，耐久方显真诚。而人与人之间的交往千万“莫学蜜蜂儿”，在每朵花上停留片刻便悠飏飞去，恰似不珍惜情缘的人一样轻慢随便。晏殊在寻常的景象中感受到生活的变化无常，同时也体悟到生活的平淡是真、真诚至上的人生哲理。

身处高位的晏殊恐怕也认识到自己生活视野的局限性，于是他常将感性的生活和理性的内省融合为一，通过不断地由外在自然景象引向内在世界的观察方式拓展自己有限的生活视野，从而达到了无限的精神境界。晏殊词情中蕴理的风格也与他处事缜密的性格不无关系。从《宋史·晏殊传》所载的几桩生平小事大致可以了解晏殊其人。如宋真宗每以事询问晏殊，晏殊答复后总是将皇帝手稿一并封好呈上；又如他善知人，曾以“能容于物，物亦容矣”告诫甫及科第的王安石，王初不屑，后乃心服之。正如近人所评，晏殊“地位崇高，性格严峻，更易蕴成寂寞心境，故发为词章，充实真挚”（郑骞《成府谈词》）。

晏殊词以高雅的趣味昭示了“人的本质不依赖于外部的环境，而只依赖于人给予他自身的价值”（恩斯特·卡西尔《人论》）。这一深刻的人生哲理。他的词中对生活的内向观察在在皆是，这首小令便是其中一例。

（刘燕歌）

【原文】

相思儿令

昨日探春[1]消息，湖上绿波平。无奈绕堤芳草，还向旧痕[2]生。　　有酒且醉瑶觥，更何妨、檀板新声。谁教杨柳千丝，就中[3]牵系人情。

〔注〕①探春：唐宋风俗。即早春郊游。唐孟郊《长安早春》："公子醉未起，美人争探春。"五代王仁裕《开元天宝遗事》卷下："都人仕女，每至正月半后，各乘车跨马供帐于园圃或郊野中，为探春之宴。"宋周密《武林旧事》卷三："都城自过收灯，贵游巨室，皆争先出郊，谓之'探春'。"　②旧痕：去年草长的痕迹。　③就中：其中。唐杜甫《丽人行》："就中云幕椒房亲，赐名大国虢与秦。"

《相思儿令》，双调四十七字，仅晏殊《珠玉词》载两首，抒写春日游乐感怀。上阕写景，重点是"探春"，过片抒情，重点是"且醉"。何事探春归来要饮酒消愁？原因在上阕"无奈绕堤芳草，还向旧痕生"与过片"谁教杨柳千丝，就中牵系人情"。芳草在去年的痕迹中再生，本是再自然不过之事，然而在敏感的诗人看来却足以牵动愁思。法国诗人维庸诗曰："去年白雪，如今安在？"(《古美人歌》)年年下雪，然而今年之雪已非去年之雪，正如年年草长，而今年之草已非去年之草。雪不再下、草不再生倒也罢了，偏偏"还向旧痕生"，似是而非最惹人愁。晏殊《浣溪沙》名句"无可奈何花落去，似曾相识燕归来"，"还向旧痕生"正"似曾相识燕归来"之意，难怪乎诗人顿生"无奈"。

此词与《浣溪沙》相较，一是早春，一是暮春，一是草生，一是花落，景物有异，情感却相通，写出了时间对人造成的悄然无声的心理压力。如果说“还向旧痕生”对应了“似曾相识燕归来”，那么“有酒且醉瑶觥，更何妨、檀板新声”正对应了“一曲新词酒一杯”。新旧之间流年暗换，词曲长新而愁思如故。“杨柳千丝”不是当前之景，而是追忆堤上所见，此处写来，补足醉酒之由。宋时汴河两岸常种柳树，赵令畤词：“春风依旧，着意隋堤柳。”（《清平乐》）“千丝”谐音“千思”，诗人心头如有千思万绪，然而这种微妙之愁无法可解，唯一消愁之法也只是且醉瑶觥，听唱新声，在酒与歌的慰藉中暂缓无聊。

此词宜与冯延巳《鹊踏枝》参看：“谁道闲情抛掷久。每到春来，惆怅还依旧。日日花前常病酒，不辞镜里朱颜瘦。　河畔青芜堤上柳。为问新愁，何事年年有。独立小桥风满袖，平林新月人归后。”两词写景相似，“河畔青芜堤上柳”概括了“绕堤芳草”和“杨柳千丝”；情感相似，年年春至、年年愁至，“为问新愁，何事年年有”；行事相似，一个是花前病酒，不辞消瘦，一个是当歌对酒，且醉瑶觥。不同之处是冯词更沉痛，而《相思儿令》则是晏殊一贯的和婉风格。生命不息，愁亦不止，愁既消耗了生命能量，也体现了生命价值，生命本身就是在不断的新陈代谢中走向衰亡，然而只有诗人能在细微的自然变化中体会到生命的流逝。

（孔燕妮）

清平乐

金风细细，叶叶梧桐坠。绿酒初尝人易醉。一枕小窗浓睡。

紫薇朱槿花残。斜阳却照阑干。双燕欲归时节，银屏昨夜微寒。

【鉴赏】

这首词的特点是风调闲雅，气象华贵，二者本有些矛盾，但词人却把它统一起来，形成表现自己个性的特殊风格。晏殊以相位之尊，间为小歌词，得花间遗韵。刘攽《中山诗话》说：“元献尤喜冯延巳歌词，其所自作，亦不减延巳乐府。”也就是说他的词风酷似冯延巳。但从这首词来看，它的闲雅风调虽似冯词，而其华贵气象倒有点像温庭筠的作品。不过温词的华贵，大都表现在词藻上的镂金错彩，故王国维以“画屏金鹧鸪”状其词风。晏词的华贵却不专注形貌，而在于精神。“每吟咏富贵，不言金玉锦绣，而惟说其气象，若‘楼台侧畔杨花过，帘幕中间燕子飞’，‘梨花院落溶溶月，柳絮池塘淡淡风’之类是也。”（见吴处厚《青箱杂记》）这首词中所写的风情，正与上举两例相似。它所塑造的形象，借用晁补之评论其子晏幾道词的话说，一看就知道“不是三家村中人”，而是一个雍容闲雅的士大夫。

词的上片是写酒醉以后的浓睡。起首二句在写景中点明时间，渲染环境。金风，即秋风。《文选》张协《杂诗》“金风扇素节”李善注曰：“西方为秋而主金，故秋风曰金风也。”此时庭院内是西风落叶，画堂中的词人因饮了绿酒，一会儿便醉眠了。用笔轻灵，色调淡雅，语气仿佛在与一位友人娓娓而谈。其中两组叠字，首尾相接，音律谐婉。以“细细”状金风，就没有秋风惯有的那种萧飒之感，而显得平静、悠闲。以“叶叶”这两个名词连用，就在读者面前展开一片片叶子飘落的景象，并使你感到很有次序，很有节奏。向来写梧桐经秋都是较为凄厉的，如温庭筠《更漏子》：“梧桐树，三更雨，不道离情正苦。一叶叶，一声声，空阶滴到明。”李煜《乌夜啼》：“寂寞梧桐深院锁清秋。”经过一代又一代词人的染笔，以至于使人一听到秋风吹拂梧桐，就产生凄凉况味。而像晏殊写得如此平淡幽细的，却极为少见。下面“绿酒”一句，因为用了“初”字和“易”字，就觉得他的酒量不大，浅尝辄醉，也是淡淡的一笔。然后词人才用了较重的笔墨：“一枕小窗浓睡。”“绿酒”

句点出“浓睡”的原因，是陪笔，“一枕”句才是此片的主意。小饮何以“易醉”？浅醉何得“浓睡”？原来词人有一点淡淡闲愁，有愁故醉易，愁浅故睡浓。此意于下片见之。

如果说上片是从昨晚的醉眠写起，那么下片则是写次日薄暮酒醒时的感觉。词人一醉就睡了整整一个昼夜，睡极浓矣。浓睡中无愁无忧，酒醒后是什么样的情绪，他没有言明，只是通过他眼中所见的景象，折射出心情之悠闲，神态之慵怠，而在结句中却仍反映出一点淡淡的哀愁。紫薇，夏季开花；朱槿，夏秋间吐艳。上片说金风吹得梧桐叶坠，显然是秋天了，所以词人从小窗望出去，这两种花都已凋残。值得注意的是：前片的梧桐叶坠，为耳中所闻；后片的两种花残，乃眼中所见。词人正是通过对周围事物的细微感觉，来表现他此际的情怀。“斜阳却照阑干”，紧承前句，描写静景。晏殊在另一首《踏莎行》中云：“一场愁梦酒醒时，斜阳却照深深院。”词境相似。却者，正也，说举目望去，斜阳正照在阑干上，颇有陶渊明“悠然见南山”的意味，然而所见者乃是残花，是斜阳，表现了词人此时无可奈何的心境。

日暮了，斜阳正照着阑干，正是“双燕欲归时节”。此意平平说来，似不相干语、没要紧语。可是词不比诗，它往往用这样的语言来调和气氛，缓冲节奏，烘托情感。吴衡照《莲子居词话》云：“言情之词，必借景色映托，乃具深婉流美之感。”“燕子欲归”，乃系景语，它对下句“银屏昨夜微寒”，正好起了一个铺垫和烘托的作用。双双紫燕即将归巢了，这个景象便兴起词人独居无憀之感，于是他想到昨夜酒醉后原是一个人在独宿。一种凄凉意绪、淡漠愁情，不禁流于言外。但他不用“枕寒”、“衾寒”那些用熟了的字面，偏偏说屏风有些微寒。寓情于景，含蓄蕴藉，令人低徊不尽。

这首词除了“绿酒”、“银屏”是富贵语外，大都写得比较清新。它的华贵气象完全融合在闲雅的风调之中，正如上面所举的“楼台侧畔杨花过，帘幕中间燕子飞”那样。通篇出之以平淡之笔，和婉之音，声调自然，意境清幽，虽承花间余绪，却能自成一格。这是跟词人的地位与涵养密切相关的。

（徐培均）

清平乐

红笺小字，说尽平生意。鸿雁在云鱼在水，惆怅此情难寄。

斜阳独倚西楼，遥山恰对帘钩。人面不知何处，绿波依旧东流。

这是一首怀人之作。上片抒情。起句“红笺小字，说尽平生意”语似平淡，实包蕴无数情事，无限情思。红笺是一种精美的小幅红纸，可用来题诗、写信。词里的主人公便用这种纸，写上密密麻麻的小字，说尽了平生相慕相爱之意。显然，对方不是普通的友人，而是倾心相爱的知音。

信写成了，接着三、四句便抒发无从传递的苦闷。古人有“雁足传书”和“鱼传尺素”的说法，前者见于《汉书·苏武传》，后者见于古诗《饮马长城窟行》（客从远方来），是诗文中常用的典故。作者以“鸿雁在云鱼在水”的构思，表明无法驱遣它们去传书递简，因此“惆怅此情难寄”。运典出新，比起“断鸿难倩”等语又增加了许多风致。

托书不成，唯有借景纾忧。因而过片便由抒情过渡到写景。“斜阳”句点明时间、地点和人物活动，红日偏西，斜晖照着正在楼头眺望的孤独的人影，景象已十分凄清，而远处的山峰又遮蔽着愁人的视线，隔断了离人的音信，更加令人惆怅难遣。“远山恰对帘钩”句，从象征意义上看，又有两情相对而遥相阻隔的意味。倚楼远眺本是为了纾忧，如今反倒平添一段愁思，从抒情手法来看，又多了一层转折。

结尾："人面不知何处，绿波依旧东流。"用崔护《题都城南庄》诗句："人面不知何处去，桃花依旧笑东风"之意，略加变化，给人以有余不尽之感。绿水，或曾映照过如花的人面，如今，流水依然在眼，而人面不知何处，唯有相思之情，跟随流水，悠悠东去而已。

这首词写的是一般的离愁别恨，内容并不新奇，但由于抒情婉曲细腻，用语也相当雅致，体现了作者"闲雅而有情致"的艺术风格，故历来为人传诵。例如"斜阳独倚西楼，遥山恰对帘钩"二句，单从景象来看，词中主人公似乎处于一种极度宁静的状态，外界不存在任何刺激，内心也没有一丝波澜。然而，联系上下文一读，便不难体会到这种表面上的相对静止，正蕴藏着深沉难言的感情浪涛。斜阳、遥山、人面、绿水、红笺、帘钩，出语平淡，而蕴意深挚，写艳情而不艳，写哀愁而不哀，闲雅从容，挚而不刻，故晏小山云："先公平日小词虽多，未尝作妇人语也"（赵与时《宾退录》卷一）。所谓不作"妇人语"，乃言皆自抒己情，不摹拟女子口吻，此词亦然。

（蒋哲伦）

采桑子

阳和二月芳菲遍，暖景溶溶。戏蝶游蜂，深入千花粉艳中。　　何人解系天边日，占取春风。免使繁红，一片西飞一片东。

四库馆臣谓晏殊"赋性刚峻，而词语特婉丽"，又说"赵与时《宾退录》记

【鉴赏】

殊幼子幾道尝称殊词不作妇人语，今观其集，绮艳之词不少，盖幾道欲重其父名，乃故作是言，非确论也”(《珠玉词》提要)。细思其语，再参以大晏集中之作，未必全是。盖当大晏之时，词风仍以晚唐五代的花间词风为主。婉丽绮艳的词风，仍然还是主流。花边酒下，娱情遣兴，也还是词的主要作用。不仅大晏的词中有绮艳之作，就是后来的欧阳修的集中，也包含不少类似的作品。这些作品，都是男性士大夫所为，其亦一时风气而已。故将绮艳之词直接等同于妇人之语，并不能成立。除此之外，晏殊词中虽亦有绮艳的词语，但此一“绮艳”又和南朝宫体诗以及花间词的绮艳不同。晏殊词中的“绮艳”，已基本上摒除了早期花间词的“脂腻”之气，且已经和“生命的忧思”以及“士人的雅趣”相结合，故其即使是做艳语，也往往有着不同于以往的情中有思、思中有致的特点。从这一点来说，晏幾道说他父亲的词并不是软绵绵的无内容的妇人之语，其实倒也不为过。

以绮艳之语写深挚之思，本词便是一个例子。

词之上片，但写春景，虽然写的不是浓妆艳抹的美女，设色却也甚是秾艳。“阳和二月芳菲遍，暖景溶溶。”芳菲遍，向读者展示的是一片热烈的花海。而暖溶溶，则为读者带来了体感。这不是一种冷艳之美，而是一种热烈之美。“戏蝶游蜂，深入千花粉艳中。”这种热闹，又有游蜂戏蝶的加入。躁动的生命与艳丽的色彩，组合成了一个令人目眩神迷的画面。

只因画面如此热烈动人，反而使人生出了时不我与、佳时易逝的恐惧。故下片转而有了一问：“何人解系天边日，占取春风。”谁能够阻止时间的流逝，长久地留住这美好的春天？“免使繁红，一片西飞一片东。”这同样是一个充满画面感的句子。词至下片，其实已经由上片的喜春惜春转向了对于生命的思考。为何美好的事物不能永恒？为何春光不能常在？这背后，蕴藏的是一种强烈的生命意识。

表达对生命的体悟与反思，感慨人生的短暂不可留，在晏殊的词中是常见的主题。只不过,在通常情况下,这种主题都不是通过欢快热闹的意象来表达的。像《木兰花》中的"燕鸿过后莺归去,细算浮生千万绪。长于春梦几多时,散似秋云无觅处",像《浣溪沙》中的"一向年光有限身,等闲离别易销魂,酒筵歌席莫辞频",像《破阵子》中的"不向尊前同一醉,可奈光阴似水声,迢迢去未停",其场面的设置,都远没有本词这般热闹。作者身处温暖热闹的春光当中,却遥想到百花"一片西飞一片东"的凋零景象,上下片落差之大,在晏殊的其他作品里也不多见。这种落差以及词中所包含的对于生命的感悟,无疑增加了本词的艺术深度。

晏殊在宋初词坛地位很高,曾被称为"北宋倚声家初祖"(冯煦《蒿庵论词》),他的这种词风,影响到了很多人。后来很多的婉约词人,多从晏殊的词中汲取营养。像欧阳修、李清照、周邦彦等人,无不或多或少受到他的影响。晏殊的词,代表了一个时代的主流,也昭示了一种即将到来的新变。

(刘竞飞)

采桑子

时光只解催人老,不信多情,长恨离亭,泪滴春衫酒易醒。　　梧桐昨夜西风急,淡月胧明,好梦频惊,何处高楼雁一声?

这是晏殊一首脍炙人口之作。短短四十四个字,写出人生一种深沉的感慨。音节如此嘹亮,情感如此郁勃,真像听到天际的雁唳。虽然是那样短促的数声,却悲凉凄紧,盘旋回荡,使你的心情无法立刻平息下来。不过它虽然使你沉思,惹起你一缕闲愁,却不会使你觉得透不过气。它那强力

【鉴赏】

震撼的幅度，恰好维持在你情感能容纳的宽度之内，因而你的感动是在情感的振幅之内回荡。它引起你深深的赞叹，使你浮起对人生的许多联想，正如一杯真正醇美的酒给你产生的魅力。

“时光只解催人老”——这是每一个珍惜时光的人同样都有的感受。看似平常，细想起来，所谓“时光”，到底是怎么回事？它除了每时每刻催人老去，还有别的什么意义呢？词人一入手就端出“时光”这个问题逼到人们眼前，逼着人们不能不点头承认：这是无可奈何的事实。这样就先把读者的感情有力地调动起来了。

“不信多情，长恨离亭”——人，是宇宙间富有感情的生物，照理，在亲人之间，不应该永远彼此分开，永远在离别之中过日子吧。可是，尽管你不相信事情会如此不妙，事实却又正是如此。再想想吧，人一天天的老下去，又一天天的隔别着。如今，你不相信的不由你不相信了。这又怎能不使人为之慨叹不已？

“泪滴春衫酒易醒”——因为感时光之易逝，怅亲爱的分离，无可开解，只有拿酒来暂时麻木一下自己；然而不久便又“泪滴春衫”，可见连酒也不能使自己暂时忘却烦恼。

以上几句，三层抒发，一层比一层迫紧。惊心于时光易逝，这是一。想不到有情人长期隔别，这是二。企图忘却而又不能忘却，这是三。三层意思，层层相扣，层层拉紧，把读者投入强烈的心情震荡之中。

于是，在下片，词人进一步给你以更具体更浓密的形象，使你的心灵震荡达到最高的频率。

“梧桐昨夜西风急，淡月胧明”——已经是“泪滴春衫酒易醒”，忽然西风飒飒，桐叶萧萧，一股凉意直透人的心底。抬头一看，窗外淡淡月色，朦胧而又惨淡，仿佛它也受到西风的威胁。

“好梦频惊”——这好梦，是离人的重逢？是生活的欢乐？是美好事物的幻现？……然而每当希望它多留一霎的时候，它就突然破灭了。而且每当一回破灭，现实的不幸之感就又一齐奔集而来。此时，室外的各种音响，各样色彩，以及室中人时光流逝之感，情人离别之痛，春酒易醒之恨，把刚才的好梦全都打成碎片了。这里，“好梦频惊”四字恰似点睛之笔，它一手拉着上面，一手牵起下面，把室中人此际的感受放大成为一个特写的镜头，让人们充分感受其中的沉重的分量。

“何处高楼雁一声”——杂乱的音响、色彩，室中人沉抑的情绪正在凌乱交织之中，突然飞出一声高亢的哀音。这一声哀厉的长鸣，是如此突如其来，使众响为之沉寂，万类为之失色。这是孤雁的哀唳，响彻天际，透入人心，它把室中人的思绪提升到一个顶峰了。这一声代表什么呢？是感觉深秋已经更深吗？是预告离人终于不返吗？还是加剧室中人此时此地的孤独之感呢？不管怎样，它让人们想得很远，很沉，一种惘惘之情使人不能自已。

但总的说来，此词感情悲凉而不凄厉，词人不会让自己沉溺在痛苦之中无法自拔。他在沉思默想，觉悟到要把握住自己的感情，进而更透彻地去理解人生和世界。像此词结句，用意是何等超脱高远，它把感情升华到一个更加明净的境界。

（刘逸生）

喜迁莺

花不尽，柳无穷，应与我情同。觥船一棹百分空，何处不相逢。

朱弦悄，知音少，天若有情应老。劝君看取利名场，今古梦茫茫。

【鉴赏】

这是一首赠别词。作者在抒写离情别意之中,寄寓了自己的人生感慨。

起笔从“花不尽,柳无穷”写起,借花柳以衬离情。花、柳是常见之物,它们用绚丽的色彩和美妙的姿容装点大地河山,遍布海角天涯,其数无尽,其广无边。花、柳又与人一样同是生命之物,它们的生长、繁茂、衰谢同人们的生死、盛衰极其相似;“桃之夭夭”(《诗经·桃夭》),“杨柳依依”(《诗经·采薇》),在离合聚散之际,也同样显露出明显的苦乐悲欢。说“应与我情同”,是以花柳作比,衬写自己离情的“不尽”和“无穷”,宛转地表露了离别的痛苦之深。下面紧接以“觥船一棹百分空,何处不相逢”二句,“觥船”一句出自杜牧的《题禅院》诗,作者这里是强作旷达,故为洒脱,以一醉可以消百愁作为劝解,这是就眼前而言;“何处不相逢”,则是以未来可能重聚相慰。在对友人的温言抚慰之中,也反映了作者尽量挣脱离别痛苦的无可奈何之情,但表面上却表现得十分豁达。

下片的“朱弦悄,知音少,天若有情应老”,词情一转,正面叙写离别之情。“欲取鸣琴弹,恨无知音赏”(孟浩然《夏日南亭怀辛大》),高山流水,贵有知音,朱弦声悄,是因挚友远去。“调高弦绝无知音”(卢仝《有所思》),一种空虚寥落之感油然而生。“天若有情应老”,用李贺句意吐诉了难以抑止的离别哀伤。结拍“劝君看取利名场,今古梦茫茫”二句,是作者对友人的又一次劝解,与“觥船一棹百分空,何处不相逢”相比,两者同是相劝,但内涵上却自不同。前者只就当前离别着眼,以醉饮消愁、今后可能重逢为解,是以情相劝;后者却透过一层,以利名如梦为解,则是以理相劝。这里,隐然表明友人之去是由于利名的牵引,仕途的奔竞,在劝解之中包含着作者自身的感受和体验。晏殊一生富贵显达,长期跻身上层,但朝廷内部的派别倾轧,政治上的风雨阴晴,亲身经历的挫折,不能不使他感到利名场中的尔虞我诈,宦海风波的险恶,人世的盛衰浮沉,抚念今昔,恍然若梦。千古茫茫，沉溺于此梦者不知凡几，而能参悟此梦并能醒醒者又不知能有几人！

词旨主在赠别，作者抒写离情的深挚，却不凄楚哀伤，感情温厚平和，从反复的劝解中显示了晏殊词的圆融和理智的特色，由情入理，词情曲折，感慨深沉。

（钟　陵）

撼庭秋

别来音信千里，恨此情难寄。碧纱秋月，梧桐夜雨，几回无寐！　　楼高目断，天遥云黯，只堪憔悴。念兰堂红烛，心长焰短，向人垂泪。

大晏词，论者多称其以从容淡雅之笔，写升平富贵之态，音调婉和，神清气远。而此词则似于淡雅闲适之外，渐趋深厚苍凉，反映了作者思想性情沉郁的一面，在《珠玉词》中是较少见的。

首两句，即点出主题：自与情人离别以来，音信远隔千里，惆怅的是，这一片深情无从寄去。作者《清平乐》亦云："鸿雁在云鱼在水，惆怅此情难寄。"紧接以景写情：在碧纱窗下，对着皎洁的秋月，或是卧听着淅淅沥沥的夜雨，滴在梧桐叶上——有多少回啊彻夜无眠！"碧纱"句和"梧桐"句，分别代表不同时间、地点、景物，目的是突出"几回无寐"四字。对月、听雨，虽是古诗词中常见之意，用于此处，思与境谐，表现出难以排遣的怀人之情。读者可以联想起李白的《秋风清》："秋风清，秋月明。落叶聚还散，寒鸦栖复惊。相思相见知何日？此时此夜难为情！"也可以联想起温庭筠的《更漏子》:“梧桐树,三更雨,不道离情正苦。一叶叶,一声声,空阶滴到明。”词人要表达的思想感情,跟词的字面和意境都浑成一体,调名“撼庭秋”三字所包含的内容也表现出来了。

“楼高”三句,从“无寐”意再跌深一层。上片是泛写别后相思之情,下片则实写此时此地的感受:登上高楼极望,只见天空辽阔,层云黯淡,更令人痛苦憔悴。“楼高目断”,另笔提起,与上片“几回无寐”似接非接,文章便有波澜起伏之势。意境是阔大的,感慨是深沉的。悲凉,但不显得凄厉,依然保持着大晏词那种“怨而不怒”的特色——“念兰堂红烛,心长焰短,向人垂泪。”一结三句,是全词最精美之笔。以红烛拟人,古人多有,如杜牧《赠别》诗:“蜡烛有心还惜别,替人垂泪到天明。”词人之子晏幾道也说:“绛蜡等闲陪泪”(《破阵子》)、“红烛自怜无好计,夜寒空替人垂泪”(《蝶恋花》)。同样是使用“移情”手法,以蜡烛向人垂泪表示自己心里难过,但诗人们并没有彼此因袭摹拟,这些诗各自独立起来都是名句。杜牧诗的着眼点在“替人垂泪”而且“有心”,大晏词则益以“心长焰短”一语。那细长的烛心和短小的火焰,不正是词人自身的写照么?心长,也就是情长意长,悠长的思念和悠长的恨!焰短,暗示着力不从心,暗示着希望的渺茫。词人在深深叹息,他无法扭转人生,无法改变别离的命运。末三句与上片“几回无寐”呼应,景真情足,便觉悱恻缠绵,令人低徊不已。

(陈永正)

少年游

重阳过后,西风渐紧,庭树叶纷纷。朱阑向晓,芙蓉妖艳,特地斗芳新。　　霜前月下,斜红淡蕊,明媚欲回春。莫将琼萼等闲分，留赠意中人。

在一年的百花之中，晏殊总是偏爱木芙蓉、蜀葵、黄菊等秋花，这些淡雅的花儿，在词人的眼里，却是那样地“妖艳”、“明媚”（一如唐太宗评论魏征“妩媚”那样），个中当有夫子自道之意。史载，晏殊禀性“刚峻简率”，《四库全书总目》评其《珠玉词》又云：“殊赋性刚峻，而词语特婉丽。”大概是这些花的“花品”与词人的“人品”相类吧。

这是首咏木芙蓉之作，在咏物中自有词人的感情在。在那百卉凋残的秋节，而庭中芙蓉花却开得分外妖艳。这凌霜耐冷的花儿，不正象征着人们品节的坚贞高洁吗？词人特地要把它留赠给自己的意中人，也许别有深意吧。

开头三句，写重阳过后自然景物的变化。西风凄紧，庭叶飘零，渲染出清秋萧索的气氛。紧接“朱阑”三句，作者把笔触陡然一转：在这秋日的清晨，朱红阑干外的木芙蓉却开得非常美艳，像在特地竞吐新芳。词中的芙蓉，指木芙蓉。秋天开白、黄或淡红色花，花在枝梢簇集一处，淡雅美丽。词中以“妖艳芳新”与上文“西风落叶”作比，益见在清秋开放的芙蓉之可贵可爱。

过片后，着意刻画：在清霜中，在明月下，那天斜的红花、淡黄的小蕊，是多么鲜明美丽，真的要叫春天回转了。三句情景极美。“霜前月下”，是泛写芙蓉开放的环境，从另一角度补充“朱阑向晓”句意；“斜红淡蕊”，具体而微地写“芙蓉妖艳”；“明媚欲回春”，是“特地斗芳新”的芙蓉所引起的强烈的感受，它能把萧瑟的秋节化作美好的春天，它温暖了词人的心，并挑动了他的情怀：啊，不要把这美玉般的花儿随便地摘下来，还是留着它赠送给意中人吧！因花而及人，因人而惜花，花耶？人耶？惜花亦惜人也！结句为点睛之笔。谁能了解词人赠花的深意呢？“意中人”是何许人，甚至是男是女，词中都没有迹象可寻，读者自可各以己意会之。

（陈永正）

酒泉子[1]

三月暖风，开却[2]好花无限了[3]，当年[4]丛下落纷纷。最愁人。　　长安多少利名身[5]。若有一杯香桂酒[6]，莫辞[7]花下醉芳茵[8]。且[9]留春。

〔注〕 ① 酒泉子：原为唐教坊曲。有二体：一见于敦煌曲子词，双调四十九字。宋代潘阆依之，因忆西湖风景而作，故一名《忆余杭》。一见于《花间集》，自四十字至四十五字，句法用韵彼此大同小异。此二体均以平韵为主，间入仄韵。 ② 开却：开放。唐陈彦《和徐舍人九月十一日见寄》："菊花开却为闲人。" ③ 无限：无数，数量极多。宋秦观《如梦令》词："桃李不禁风，回首落英无限。"了：结束，凋零。 ④ 当年：开花的全盛时期。 ⑤ 利名身：追名逐利之人。 ⑥ 香桂酒：将香桂皮发酵酿成的酒。 ⑦ 莫辞：不要推辞。 ⑧ 芳茵：芳美的草地。 ⑨ 且：姑且，权且。

细腻呈现四季变迁的丰富、微妙与多样，是晏殊词作最擅胜场的技巧。这首小词描写的是惋惜春逝的情感，然而却不是简单的伤春之词，而是借留春的沉醉之举表达了看透名利、适性自得的超脱心境。

上片描写春愁。阳春三月，暖风熏人，落英缤纷。作者有意用"无限了"突出繁花之盛，用"落纷纷"突出落花之多。以短句"最愁人"结束，传递出慨叹之重。过片继续抒发感慨，对象却转向人事。自古以来，人们对名利的追逐从未停止过，像晏殊这样身处官场之中的人恐怕更有深刻的感受。然而却正如这“三月好花”，短暂盛放后便纷纷化作尘泥，因此不由生出“长安多少利名身”的叹息。词的结尾展开遐想，在这匆匆将逝的春色中，倒不如畅饮香桂美酒，无所顾忌地醉卧在繁花枝下的芳草地上，也是一种潇洒的留春方式，更是一种恬淡旷远的生活态度。

北宋中叶文人苏舜钦云：“唯仕宦溺人为至深，古之才哲君子，有一失而至于死者多矣；是未知所以自胜之道。”(《沧浪亭记》)晏殊借这首小词惋惜那些无法“自胜”(克服个人私欲)的才哲君子，也表达了自己淡泊名利、安于闲适、洁身自好的情怀。而春色在这首词中，不仅具有青春容颜、活力生机等传统喻意，更被晏殊赋予了象征荣利浮华的崭新意蕴，这也是这首小词立意新颖之所在。

(刘燕歌)

木兰花

燕鸿过后莺归去，细算浮生千万绪。长于春梦几多时？散似秋云无觅处。　　闻琴解佩神仙侣，挽断罗衣留不住。劝君莫作独醒人，烂醉花间应有数。

晏殊词较少运用“比兴”手法，这首词表面直写感事、抒情，实际似有寄托，比较特殊。

上片，写的是对于青春、对于爱情的细腻的思考。“燕鸿过后莺归去，细算浮生千万绪。”上句写春光消逝。燕子春天自南方来，鸿雁春天往北方飞，黄莺逢春而鸣，这些禽鸟按季节该来的来了，该去的也去了，那春光也

【鉴赏】

来过又走了。杜牧《代人题赠》诗:“绿树莺莺语,平江燕燕飞。枕前闻去雁,楼上送春归。”写的是莺语燕飞的春归时候,这里却是莺燕都稀,更觉怅惘。句中的“莺燕”,兼以喻人。春光易逝,美人相继散去,美好的年华与美好的爱情都不能长保,这是一种可叹的客观现象。下句从客观转到主观,说对着上述现象,千头万绪,细细盘算,使人不能不正视的,正是人生若水面浮沤之暂起,不能持久。这一句承接前一句,又作为下两句的总冒。下两句:“长于春梦几多时?散似秋云无觅处。”用两种形象来表达它。白居易有《花非花》词云:“来如春梦几多时?去似朝云无觅处。”此词改易数字,旨意不同。这里是写对于整个人生问题的思考,是把美好的年华、爱情与春梦的短长联系比较,是把亲爱的人的聚难散易与秋云的留、逝联系对照,内涵广阔,感慨深沉。这种感慨,实质上是对青春和爱情的珍惜的曲折反映,不是近于虚无。

下片起两句:“闻琴解佩神仙侣,挽断罗衣留不住。”写一件失去美好爱情的事,看来是对上片的感慨的具体申述,实际上这件事是产生上片感慨的主要因素,把它安排在这里,使上下片的关系交互勾连,不是单纯的前后承接,不是单纯的从一般到个别。闻琴,指汉代的卓文君,她闻司马相如弹琴而爱慕他;解佩,指传说中的汉皋神女,曾解佩玉赠给郑交甫。句中说像卓文君、汉皋神女这样的神仙伴侣要离开,挽断她们的罗衣也无法留住。写到这里,作者的感情好像已无法保持平静,他激动地呼出:“劝君莫作独醒人,烂醉花间应有数。”劝人要趁好花尚开的时候,在花间痛饮消愁。这更有点近于虚无,但仔细想来,这是受到重大刺激的反应,是对失去美与爱的更大的痛心。这种痛心的程度,恰恰又表现了热爱生活的程度,也不能简单地归为虚无。这是把词的内容当成直接铺叙的“赋”体来看的。如果联系晏殊的生平来看,又会觉得他不可能有这种苦留不住佳人的遭遇,他写这件事,应该是别有寄托,非真写男女诀别。他寄托的是什么事?虽然不能肯定得太具体，但又可以找到相当分明的迹象。宋仁宗庆历三年(1043)，晏殊任同中书门下平章事(宰相)，兼枢密使，握军政大权，是宋朝文武方面最高级的官职。这时候，范仲淹为参知政事(副宰相)，韩琦、富弼为枢密副使，欧阳修、蔡襄为谏官，人才济济，盛极一时。范仲淹条陈十事，提出改革朝政的主张，被称为“庆历新政”，政治上颇有振作的气象。可惜宋仁宗不能果断明察，又听信反对派的攻击之言，中止改革，韩琦先被放出为外官；第二年，范仲淹、富弼、欧阳修相继外放，晏殊自己也被罢相。对于这些贤才的离开朝廷，晏殊不能不痛心，他把他们的被贬，比为“挽断罗衣”而留不住“神仙侣”的事，是很自然的。涉及这样尖锐的政治斗争，晏殊的感情当然要一反常态地激动，他喊出不宜“独醒”、只宜“烂醉”，当然是一种愤慨之声，而不是一种虚无的自我麻醉之言了。这可能就是词中的寓意。

这首词，从青春和爱情的消失，感叹美好生活的不常，写情细腻含蓄；又进而寄托着对于贤才受到排挤的现实政治的愤慨，感情比较激动，但表达仍然婉转；情调看似有些消极，实际并不消极，在晏殊词中，是一首优美动人而又有深意的作品。

（陈祥耀）

木兰花

池塘水绿风微暖，记得玉真初见面。重头歌韵响琤琮，入破舞腰红乱旋。　　玉钩阑下香阶畔，醉后不知斜日晚。当时共我赏花人，点检如今无一半。

【鉴赏】

在一个初春的黄昏，词人漫步在小园芳径，熟悉的景物——池塘、阑干、香阶……及园中景色——引起他对以往岁月的回忆，鲜明而朦胧，如在眉睫忽而又变得十分遥远，最终只留下一片惆怅。这种伤春伤逝的抒情题材，为词中常见。而大晏此词写法却很有特色，它不是顺序抒写，而是采用前后互见的手法。有明写，有暗示；有详笔，有略笔。上下片词意相互补足而韵味深长。

首句"水绿"、"风暖"两个细节都暗示出"正是一年春好处"。春天，好风轻吹，池水碧绿，也是花开的季节。花未明写，于下片"赏花"二字补出，读者自知。"池塘水绿风微暖"，通过眼观身受，暗示词人正漫步园中；这眼前景又仿佛过去的情景，所以引起"记得"以下的叙写。这一句将"风"与"水"联在一起，又隐隐形成"风乍起，吹皱一池春水"的动人画面，由池水的波动暗示着情绪的波动。

以下词人写了一个回忆中的片断。这分明是春日赏花宴会上歌舞作乐的片断。但他并没有一一写出，与下片"当时"、"赏花"等语互见，情景宛在。这里只以详笔突出了当时宴乐中最生动最关情的那个场面："记得玉真初见面。""玉真"即玉人（"真"即仙，多用作绝色女子之代称），而"真"比"人"在音韵上更清脆响亮，也更有词采。紧接二句就写这位女子歌舞之迷人："重头歌韵响琤琮，入破舞腰红乱旋。"这是此词中脍炙人口的工丽俊语。词中前后阕句式音韵完全相同名"重头"，"重头"就有回环与复叠，故"歌韵"尤为动人心弦。唐宋大曲末一大段称"破"，"入破"即"破"的第一遍；演奏至此时，歌舞并作，以舞为主，节拍急促，故有"舞腰红乱旋"的描写。以"响琤琮"写听觉感受，以"红乱旋"写视觉感受，均甚生动。"琤琮"双声，"乱旋"叠韵。双声对叠韵，构成语言上的回环之美。这一联虽只写歌舞情态，而未著一字评语，却全是赞美之意。

上片写到“初见面”，应更有别的情事，下片却不复写到“玉真”。未尽其言，留给读者去想象。“玉钩阑下香阶畔”，点明一个处所，这大约就是当时歌舞宴乐之地罢。故此句与上片若断若联。“醉后不知斜日晚”，作乐竟日，毕竟到了宴散的时候。仍似写当筵情事。不过，诗词的黄昏斜日又常常是象征人生晚景的。此句实兼关昔与今。这就为最后抒发感慨作了铺垫。

张宗橚云：“东坡诗‘尊前点检几人非’，与此词结句同意。往事关心，人生如梦，每读一过，不禁惘然。”(《词林纪事》)此词结句只说“当时共我赏花人，点检而今无一半”，丝毫未提“玉真”，其实她应包含在“当时共我赏花人”之内。至于她究竟属于哪“一半”？也没有说，却更耐人寻味。

词的上片说“玉真”而不及“赏花人”，下片说“赏花人”不及“玉真”，其实是明写与暗示交替而互见，这种写法不惟笔墨省净，而且曲折有味。故末二语比“尊前点检几人非”之句意更深厚一重。

(周啸天)

木兰花

玉楼朱阁横金锁，寒食清明春欲破。窗间斜月两眉愁，帘外落花双泪堕。　　朝云聚散真无那，百岁相看能几个？别来将为不牵情，万转千回思想过。

这一首小令词，写的是一个古老的主题——离愁别恨。对于这个主题，有些词人写的是强烈的感情：例如柳永《雨霖铃》的“此去经年，应是良辰好景虚设”，使人回肠荡气；秦观《千秋岁》的“飞红万点愁如海”，使人惊

【鉴赏】

心动魄。这首词写的却是另一种情调。

词的抒情主人公，不等于作者晏殊的自我形象，却也深深地打上他的思想性格的烙印。上片“玉楼朱阁横金锁，寒食清明春欲破。窗间斜月两眉愁，帘外落花双泪堕”，写的是一个豪华、优美的环境：玉楼朱阁，有明窗可以赏月，帘外的庭院里种着好花。这不是一个“宜愁宜恨”的环境，相反的却是安适得可以不愁不恨的环境。但情与境的关系也复杂：一般是情随境迁，有时也会是境随情迁。处在这个环境的主人公，由于与心爱的人分别，对着“横金锁”的楼阁，便有人去楼空之痛；寒食、清明时节，春色最浓，却是将残之候。好花有开有落，夜里月光斜照窗间，这些景象也会引起他的愁恨。主人公显然是多情的，但他的感情比较平静，没有像上面的柳词、秦词写得那样激动。上两句从“横金锁”三字已露出可愁之迹。下两句写景与写愁结合，似乎都含有两义：一是斜月照着人的凝愁的双眉，人看帘外的落花，因触动身世之感而双眼落泪；一是天上的一钩缺月和窗里人的愁眉相似，帘外花落也有如帘里人在垂泪。整片词写离愁别恨，却用轻淡之笔，表现情与景的一种幽细、含蓄之美。

上片以写景为主，兼带抒情；下片以抒情为主，兼带议论。起两句：“朝云聚散真无那，百岁相看能几个？”朝云，用的是宋玉《高唐赋》中巫山神女“旦为朝云，暮为行雨”的典故，以喻美人；无那，无可奈何。上句说与心爱的美人的聚合离散，都是不由自主、无可奈何之事，这是对于人力有限、无法左右自己的命运和情绪的感叹，是人之常情。下句说的是：面对这种情况，看透了也就不用过分伤感，自寻烦恼。因为自古以来，有几个人能和他的爱人厮守相看到百年呢？这是看透世事，能够超脱常情的议论。这议论是对上面所写的情的否定；词如果结束于此，那就是归结于哲理，表示理智可以轻易地战胜情感。然而下面两句词接着说：“别来将为不牵情，万转千回思想过。”“将为”与“将谓”通用。主人公以为可以排除离愁别恨的牵缠，结果还是“万转千回”地思念过了。这表明情的力量的顽强，不容易被战胜，而且主人公也不甘心放弃它，又回到对情的肯定。情的顽强，来自对爱的固执；但理智的思考，对主人公似乎也起了作用，使他的感情仍然比较冷静，“哀而不伤”。这里，理与情、肯定与否定，互相渗透着。词的卓越之处，是能把这种复杂的矛盾和渗透，处理得那样单纯，那样明净。

这首词表现的是想否定离愁别恨而终于否定不了的感情，展示了主人公富于理智而又多情的性格。这种性格正是作者晏殊性格的体现。晏殊七岁能文，有“神童”之誉，十五岁以同进士出身进入官场，聪明过人，又久经宦海风波，饱阅人情世故，使他富于理性，能够调节自己的感情；又能比较明智、比较超脱地看待生活。但是这一切，最终没有改变他作为一个出色词人的多情性格。他的生活比较安定，不像那些半生漂泊的词人，有过严重的离别之苦，但以他的敏感和多情，对此还能有较深的体会。他的生活和性格反映到这一首词中的是：明澈的理智与深厚的感情的结合。它不是任情的，也不是纯理智的，但表现出情胜于理，执着过于超脱，从末两句可见，明显地表现晏殊词的特有的婉约的风格美。

（陈祥耀）

诉衷情

青梅煮酒斗时新，天气欲残春。东城南陌花下，逢着意中人。　　回绣袂，展香茵，叙情亲。此时拼作，千尺游丝，惹住朝云。

【鉴赏】

读到这首美妙的小词，我们不由得想起《诗·郑风·溱洧》里描写的情景。暮春三月，城中的男女都到郊外踏青春游。邂逅和爱慕，心灵上的交流，共同的欢乐以及长相厮守的愿望……大晏词中，也颇写丽情，但既不华靡，也不纤佻，虽作艳语，终有品格，在绍继“花间”、南唐的基础上又有自己的创新，真不愧为“北宋倚声家初祖”。

又是残春天气，青梅煮酒，好趁时新。首二语闲笔入题。古人在春末夏初时，好用青梅、青杏煮酒，取其新酸醒胃。“斗时新”，犹言“趁时新”。时新，指应时的新异物品。两句泛写，点出天时。“东城南陌”，古诗文中常指游赏之地。如耿沣《寄司空曙李端联句》：“南陌东城路，春风几度过。”其后陆游亦有“看花南陌复东阡”之句（《花时遍游诸家园》）。北宋汴京城东，更有禹王台、兴慈塔等胜迹，春秋佳日，游人甚盛。三、四句写自己在春游时，与意中人不期而遇，欣喜之情，溢于言表。上片真率自然，颇有花间词人韦庄的情调。

过片三句，描述两人相遇后的情景。“回绣袂”是使动用法。他招呼她转过身来，铺开了芳美的茵席，一起坐下畅叙情怀。是那么亲密无间，是那么殷勤款洽，说明词人跟他的意中人缠绵深长的情爱。女子毫不拘忌，落落大方，她也为这回的邂逅感到高兴。由于歌妓在社会上所处的特殊地位，她们与男子的交往要比所谓大家闺秀们来得随意些，也可以较自由地选择自己真诚爱恋的对象。正由于词人能够跟这位意中人“叙情亲”，所以才动了他的非非之想：“此时拚作，千尺游丝，惹住朝云。”游丝，是春日时蜘蛛、青虫等吐的丝，飘扬在空中，故称。游丝是那样地悠扬不定，若有还无，仿佛自己心中缥缈的春思，欲来还去。朝云，喻意中人。亦暗示她那“旦为朝云，暮为行雨”的“巫山神女”的身份。词人这时甘愿化身为千尺游丝，好把那朝云牵住。怕的是聚散匆匆，佳会难期！这三句是“我愿”式的情语。

中外诗人,每有此格。如陶渊明《闲情赋》“愿在衣而为领,承华首之余芳”至“愿在木而为桐,作膝上之鸣琴”的十愿;钱锺书《管锥篇》评论陶赋时复举例证至十余家,且谓“西方诗歌亦每咏此,并见之小说,如希腊书中一角色愿为意中人口边之笛,……”可是,这柔弱袅娜的游丝,真能把那易散的朝云留住么?词人是知道的,把她留在身边,长相厮守,只不过是无法实现的愿望罢了。就在这十二字中,有着“象外之象”,蕴含了丰富的潜在信息,给读者留下想象的余地。偶然的相会,短暂的欢娱,最终还是不可避免的离散。多少怅惘,多少怀思,尽在不言之中了。以纯净之笔,写挚爱之情,比起那“愿得化为红绶带,许教双凤一时衔”(李商隐《饮席代官妓赠两从事》)等句来,自有雅俗之别。

(陈永正)

诉衷情

东风杨柳欲青青,烟淡雨初晴。恼他香阁浓睡,撩乱有啼莺。　　眉叶细,舞腰轻,宿妆成。一春芳意,三月和风,牵系人情。

作者在着意描写浓春烟景中,巧妙地将杨柳的丝缕和人物的纷乱心绪牵连结合,衬写出香闺女子的春怨,景情交融,别具风情。

上片开笔先绘出一幅如画春景:“东风杨柳欲青青,烟淡雨初晴”。东风吹温送暖,催引生机。杨柳因春风吹拂而萌发春意,虽未青春成阴,却染得满眼春色。柳丝纤细,柳烟疏淡,似有若无,自有一种迷蒙意态。特别是

【鉴赏】

在一番春雨初霁之后，柳色显得倍加清新，翠意撩人，秀色可餐。春风、春柳，春雨、春晴，色彩明媚，春意盎然，令人心醉神怡。下面却突接以“恼他香阁浓睡，撩乱有啼莺”二句，词意陡生顿挫。面对烂漫春光，不是览景生欢，而是意趣索寞，“香阁浓睡”，情态异常。二句首着一“恼”字，既是贯下，也暗暗承上。《诗·小雅·采薇》：“昔我往矣，杨柳依依”，以杨柳春光映照离别之苦；这里的描绘春景，也是为了衬示香阁女子的怨思，都是以乐景而反衬哀情，从而形成鲜明的对比，使离情怨思烘托得更为强烈。从人物的心理活动来看，由于内心状态的异常，所见所闻也自然产生异常的反应，春色娱人，莺声悦耳，是常情；而春色恼人，闻莺心烦，则是变态。词中香阁女子所以对春色视而不见，恹恹无绪，黯黯思睡，听到莺声却生恼恨，实际是因春感怀，睹景伤情。莺声惊睡，也许还惊破了好梦。“打起黄莺儿，莫教枝上啼；啼时惊妾梦，不得到辽西”，金昌绪的《春怨》诗意在这里得到巧妙地化用，却又别具面貌。

上片以景衬情，人物显现其中；下片则在绘描人物时蕴情会意。“眉叶细，舞腰轻，宿妆成”，眉叶、舞腰，既是咏柳，也是写人，杨柳枝叶的纤细袅娜，女子眉腰的秀美窈窕，在词人生花妙笔的晕染下，相互叠印复合，“眉细从他敛，腰轻莫自斜”（李商隐《谑柳》），柳如美人，美人似柳，形象隽丽，喻比贴切，既写出柳的风神，也显出人的韵致。“宿妆”，隔夜未整的残妆。王建《宫词》：“宿妆残粉未明天。”词里的“宿妆成”，是指香阁浓睡的女子醒来，无心梳洗，懒于修饰，这里不仅有睡意惺忪的娇慵，而且有细味梦中情境而引起的神思恍惚，也许还有美梦破灭后的怅恨。“自伯之东，首如飞蓬。岂无膏沐，谁适为容”（《诗·卫风·伯兮》）。虽不明白言情，而从“宿妆”不整的容态中自然溢露出一种难以言传的幽怨。结拍以“一春芳意、三月和风，牵系人情”三句正面点示题旨。“一春芳意”与“三月和风”两句对偶，同是“牵系人情”的景物，柳芽茁长的春意，萦拂柳条的春风，以及柳枝上的莺啼，柳树间的烟锁，无不牵系着闺中人的情思。“牵系”二字，更直切柳丝。全篇明以柳起，暗以柳结，中间所及，都直接间接关涉柳，终以“人情”二字总收，不必明言是何等“人情”，自可以意会之。王昌龄《闺怨》“忽见陌头杨柳色，悔教夫婿觅封侯”诗意自然隐含其中。

全词借春风杨柳绘写秾春美景，衬比香阁女子的绰约风姿，曲传离思别意，景与情谐，物与人合，宛转含蓄，情致缠绵。词中化用金昌绪的《春怨》和王昌龄的《闺怨》诗，但有神无迹，如轻霜溶水，泯融无痕。诗词都写到莺声惊梦生恼，春柳触发怨情，但诗中闺妇听莺声而小庭追打，见柳色而直说悔意，明朗爽利，感情真切；词里的香阁女子却只是浓睡不起，宿妆不整，娴静温婉，含而不露。二者相比，感情表现上有隐显曲直之别，声情口吻上有袒露含蓄之殊，语言上有质朴明快和清丽优雅之异，意趣、韵味也自判然不同。

（钟　陵）

诉衷情

芙蓉金菊斗馨香，天气欲重阳。远村秋色如画，红树间疏黄。　　流水淡，碧天长，路茫茫。凭高目断，鸿雁来时，无限思量。

在晏殊之前，从中晚唐以来的小令词，大多是抒情的，写景的作品屈指可数。写景最为脍炙人口的，是张志和的《渔父》、白居易的《忆江南》；韦庄《菩萨蛮》的“春水碧于天，画船听雨眠”的佳句，夹在抒情的主体之中。长

【鉴赏】

晏殊两岁的范仲淹的《苏幕遮》，写景出色，但那已是中调，不是小令了。生年后于晏殊的欧阳修，也只有咏颍州西湖的《采桑子》小令组词中有一些写景的佳句。

从宋庠《元宪集》、宋祁《景文集》与晏殊唱和的诗题稽考，晏殊这首《诉衷情》词，写于仁宗宝元元年(1038)他四十八岁时。这时，他从参知政事贬为外官已有六年，在知陈州(今河南淮阳)任内。他在陈州，政治上是不得意的，宋祁给他的信说他在陈："视政余景，必置酒极欢。图书在前，箫鼓参左。"以文酒景物的流连自遣。词是在这种背景中写的。

词属流连景物之作，写的是秋景。起两句："芙蓉金菊斗馨香，天气欲重阳。"选出木芙蓉、黄菊两种花依然盛开、能够在秋风中争香斗艳来表现"重阳"到临前的季节特征；写花又写了时令，显得简洁。接着两句："远村秋色如画，红树间疏黄。"从近景写到远景，从周围写到望中的乡村，从花写到树。秋景最美的，本来就是"霜叶红于二月花"，这里拈出树上红叶来写，充分显出秋景特征。为了渲染画意，增加色调，又细腻地写了红树中间还带着一些"疏黄"之色。显然，树叶之红是浓密的，而黄则是稀疏的，浓淡相间，倍添优美。

下片起三句："流水淡，碧天长，路茫茫。"从陆上写到水，从地面写到天。中原地区，秋雨少，秋水无波，清光澄净，故用一"淡"字状水；天高气爽，万里无云，平原仰视，上天宽阔无际，故用一"长"字状天。这两字看似平常，对于写陈州地区的秋景来说，却是很贴切的。二句写景之美，和范仲淹《苏幕遮》的"碧云天，黄叶地"等句相近。上面所写，用笔疏淡，表现作者的心境是闲适的。到"路茫茫"三字，就不同了，带着感慨情绪。前路茫茫，把握不住，达如晏殊，说出这话，此中必有所指。接下去："凭高目断，鸿雁来时，无限思量。"写久久地登高遥望，看到鸿雁飞来，引起头脑中的无限思念。这里的思念，是他词中所常写的，对于离别的心爱之人的思念吗？联系前文，显然不是。就当时处境看，这里所写的，应该是对朝廷的思念，盼望有早些把自己内调的消息传来，不愿明写，故含混言之。

晏殊词有不少是以男女爱情为题材的，这首词不写爱情，主要是写景。景中的芙蓉、金菊、红树是否有对自己的品格的寓托，可以不作深论，以免流于附会；而下片结尾，根据写作时代，说是他的仕宦生涯不如意和期待的心情的反映，则是可以断定的。词的特点，是反映这种心情很含蓄，写景又淡而有味，富于画意；着笔无多，冲和闲雅，自成宋初一首以写景为主的出色的小令。

（陈祥耀）

踏莎行

细草愁烟，幽花怯露，凭栏总是销魂处。日高深院静无人，时时海燕双飞去。　　带缓罗衣，香残蕙炷，天长不禁迢迢路。垂杨只解惹春风，何曾系得行人住！

晏殊的词一般都写得凄婉而且温润，不为激言烈响的劲切之辞，而却极其富于深微幽隐的感发之作用，这首《踏莎行》词，便是颇能表现出此种特色的一首好词。

开端“细草愁烟，幽花怯露”，表面上看来只是景物的叙写：小草上的烟霭迷蒙，花蕊上的露珠泫照，所写都是外在的景象，而内含的却是极锐敏的感受。他所用的“愁”字和“怯”字，表现了晏殊极细腻的情思，且与细密的对偶形式完美地结合为一体。你看，春天里，那细草在烟霭之中仿佛是一

【鉴赏】

种忧愁的神态，那幽花在露水之中仿佛有一种战惊的感觉。用“愁”来表达草在烟霭中的感受，用“怯”来描写花在晨露中的感受，表面上说的是花和草的心情，实际上是通过草与花的人格化，来表明人的心情，亦物亦人，物即是人。晏殊另一首《蝶恋花》之“槛菊愁烟兰泣露”句，可以与此相参看，境界相同，只是一个是秋景，一个是春景，但同样是在细小的形象中，表现了晏殊观察之纤细、幽微。敏锐和善感的诗人特质，投注了他细腻幽深的情思。

下面一个七字长句“凭栏总是销魂处”，是前两个四字短句的总结，是感情上的一个总的叙述。这个结句告诉你，“细草愁烟，幽花怯露”，是词人靠在栏杆上所见到的景物。凭栏远眺是常人的习惯，但人人都凭栏，人人都看风雨，人人都看江山，人人都看草，人人都看花，却唯有晏殊看到了细草在那春天的烟霭中有忧愁的意味，小花在晨露中有寒怯的感觉，并且竟能使他感到“销魂”。你说“销魂”，不是悲哀愁苦才销魂吗？可是晏殊却只因草上的丝丝烟霭的迷蒙，花上的点点露珠的泫照，就能使他“销魂”，这才更见出词人之情意的幽微深婉。后面紧连两个七字句把上片总结起来：“日高深院静无人，时时海燕双飞去”。前面由写景转而写人，这两句则是以环境的衬托，进一步写人。“静无人”是别无他人，唯有一个凭栏销魂的我在。“日高深院静无人”的环境，衬托着人的寂寥。“时时海燕双飞去”，则是以“海燕双飞”反衬人的孤独，海燕是双双飞去了，给孤独的人却留下了一缕绵绵无尽的情思，在“日高深院”里萦回盘旋，渲染出一种孤寂之中的深沉的怅惘。

下片“带缓罗衣，香残蕙炷”，由上片的室外转向室内，仍在写人。《古诗十九首》曾云“相去日已远，衣带日已缓”，写因怀念远去的人而消瘦、憔悴，这里的“带缓罗衣”，以衣服宽大写人的消瘦，也暗示着离别。“香残蕙炷”，“蕙”是蕙香，一种以蕙草为香料制成的熏香，古代女子室内常用。

“残”是一段段烧残。“炷”是香炷，即我们常说的“一炷香”的“炷”。“香残蕙炷”是写室内点的蕙香，一段段烧成残灰。这又暗示着室内之人心绪的黯淡。秦观《减字木兰花》上片云：“天涯旧恨，独自凄凉人不问。欲见回肠，断尽金炉小篆香。”以香炉里烧成一段一段的篆字形的熏香的残灰，比拟自己内心千回百转的愁肠已然断尽，比拟自己的情绪的冷落哀伤，可以为这里作注。但晏殊并没有像秦观以“篆香”比“回肠”这样清楚地表明自己内心之情，他只是客观地写出“带缓罗衣，香残蕙炷”，不明显、不激动，很含蓄。一般人念起来，因为很容易读懂，所以会一带而过，不再去作深一步体会。但晏殊的词是非细心体会不能得其妙处的。一读而过，他有多少离别相思怀念的情意，因为没有直说，便会被你所忽略了，岂不是入宝山而空手归的憾事？《古诗十九首》所说的离别相思，秦观《减字木兰花》所写的愁肠断尽，都说出了各自的原因，《古诗十九首》里是因为离别的人“相去日已远”，结果才“衣带日已缓”；秦观是因为“天涯旧恨，独自凄凉人不问”，结果才断尽了回肠。晏殊却没有说。那么，他那一份怅惘怀思的情意，就果真是指现实的人与人的离别、怀念、相思吗？晏殊唯其不直说出来，所以才不受个别情事的拘限，才会使你想到整个人生该有多少值得你相思怀念的美好的情事，该有多少美好的人、事、物值得你交托，投注你的感情！这二句给人无限深远的想象与联想。

我们再接着看下一句的“天长不禁迢迢路”，这仍是一个长句，为上二句作结，与上片的前三句句式相同，两个对偶的双式紧接一个单句，严密而完整。“不禁”是不能阻拦。“天长”与“迢迢路”，是上面天长，下边路远，二者结合得很好，天长路远，这是没有什么办法阻拦的。“不禁”二字，所表现的是对已消逝的远去的一切无法挽回的哀伤。紧接在“带缓罗衣”的思念与“香残蕙炷”的消磨之后，更增加了对于已经失落的无可奈何之感。然后在结尾的两句写出“垂杨只能惹春风，何曾系得行人住！”以感叹的口吻出之，留下了无尽的情意。杨柳柔条随风摆动,婀娜多姿,在晏殊看来,这多情、缠绵的垂柳,不过是在那里牵惹春风罢了,千条万缕的杨柳柔条,虽然从早到晚不住地摆动,但它哪一根柔条能把那要走的人留住?哪一根柔条能把那消逝的美好的往事挽回?这里象征着对整个人生的无可奈何的深刻感受,其中寄托有极深远的一片怀思怅惘之情,是要仔细吟味,才能体会得出的。

可能会有人认为,晏殊这里无非是表现了一种伤春的情绪,欣赏起来,于现实并无怎样重大深远的意义。当然,我们这里欣赏晏殊的词,并非是要大家同去伤春落泪,而是在晏殊的伤春情绪中,实在是有一种对时光年华流逝的深切的慨叹和惋惜存在,而且更在极幽微的情思的叙写中,流露出了很深挚又很高远的一份追寻向往的心意。这种情意,虽然表面看来也许只不过是伤春怀人之情而已,但是隐然间却可以使读者的心灵感情感受到一种提升的作用,这种言外的引人感发联想的作用,正是词这种韵文所最值得注意的一种特质和成就。而五代时南唐的冯正中,和北宋初年的大晏、欧阳,则是在这方面表现得最富于高远深厚之含蕴的几位作者。

(叶嘉莹)

踏莎行

祖席离歌,长亭别宴。香尘已隔犹回面。居人匹马映林嘶,行人去棹依波转。　　画阁魂消,高楼目断。斜阳只送平波远。无穷无尽是离愁,天涯地角寻思遍。

送行之作,自要景真情足,方能感人。此词写饯别,写依依相送,写别

后的怀思，均情景逼真，含蕴无尽。如一幅丹青妙手绘的春江送别图，令读者置身其间，真切地感受到作者的缱绻深情。唐圭璋《唐宋词简释》谓这首小词“足抵一篇《别赋》”，当非过誉。

起二语，写在饯行的酒席上依依惜别。古人出行时祭祀路神，因称饯别宴会为“祖席”。“长亭”为送别之地。“离歌”与“别宴”同属一事，而“别宴”又与“祖席”意同。所以不惮反复言之，是为了强调送别的场面。“香尘”句，写刚分手时的情景。落花满地，尘土也带有芬芳的气息，已隔着漠漠的香尘，彼此还一再含情回顾。“回面”，词中没有点明是居人还是行人，读者自可想象到两方都缱绻缠绵，不忍别去。此句承上启下，四、五句方从送者与行者分别写来，两相对照，令人尤难为怀。尽管在频频回望对方，总有不能再看到的时候。一个小小的树林子，隔断了人的视线，那马儿也像了解送者的心意，仰首长嘶；出行的人已乘船渐行渐远，终于随着江流的曲折而隐没不见了。马嘶、棹转，侧面衬托出别情之深。“依波转”三字，便开发出下片更为深远的思路。

换头两句，写居人登上画阁，不禁黯然魂消，凭倚高楼，独自含愁极望。似是平平接来，无甚深意，其目的是为了突出“斜阳只送平波远”一句。惟见江波映照着落日余晖，伸展向遥远的天边，徒令人增添别恨而已。此意虽从“行人”句生出，若解作去棹已依波转，故必登楼以望，则未免黏滞了。居人登楼，只是惘惘离怀，有所不甘，聊以慰情罢了，并不是为了继续目送行舟，词意与作者《撼庭秋》词“楼高目断，天遥云黯，只堪憔悴”相近。王世贞《艺苑卮言》称“斜阳”句为“淡语之有致者”，其“致”，当谓词语不粘不脱，有悠然远意。在时间上，下片与上片亦不一定紧密衔接，登楼极目，只是别后的情事，遥念行人，无时能已，可与温庭筠《望江南》词“斜晖脉脉水悠悠”参看。句中“只送”二字，怨极恨极而又无可奈何，语言平易而意旨深曲，不愧斫轮妙手。收二句“无穷无尽是离愁，天涯地角寻思遍”，写别后的思量，自上句“平波远”三字化出。作者让词中抒情主人公放纵自己的想象，让此情随波而去，绕遍天涯。由眼前的渺渺平波，引出无穷无尽的离愁，意境本已深远，再以“天涯地角”补足之，则相思相望之情，更是无时无处不在了。

（陈永正）

踏莎行

碧海无波，瑶台有路。思量便合双飞去。当时轻别意中人，山长水远知何处？　　绮席凝尘，香闺掩雾。红笺小字凭谁附？高楼目尽欲黄昏，梧桐叶上萧萧雨。

晏殊整整做了五十年的高官。他赋性“刚峻”（《五朝名臣言行录》），处事谨慎，没有流传什么风流艳事。他自奉俭约，但家中仍然蓄养歌妓，留客宴饮，常“以歌乐相佐”（《避暑录话》）。他喜欢纳什么歌妓、姬妾，是容易做到的。照理，他生平不会在男女爱情上产生多少离愁别恨，但他词中写离愁别恨的却颇多。这可能和当时写词的风气有关：酒筵歌席上信手挥写，以付歌妓、艺人歌唱，内容不脱晚唐、五代以来的“艳科”传统；也可能和文学创作的特点有关：它可以描写人们的普遍感情，不限于作者的自我写照。但晏殊写的这类词，也不像完全脱离自身生活的客观描写，到底是怎么回事，始终是一个谜。

这首《踏莎行》的小令，照样不免是谜。但宋无名氏《道山清话》的一则记载，对于解开这个谜，好像有帮助。它说：“晏元献公为京兆尹，辟张先为通判。新纳侍儿，公甚属意。先字子野，能为诗词，公雅重之。每张来，即令侍儿出侑觞，往往歌了野之词。其后王夫人浸不能容，公即出之。一日，子野至，公与之饮。子野作《碧牡丹》词，令营妓歌之，有云'望极蓝桥，但暮云千里，几重山，几重水'之句。公闻之怃然，曰：'人生行乐耳，何自苦如此！'亟命于宅库中支钱若干，复取前所出侍儿。既来，夫人不复谁何也。"或许由于夫人的"不容"，或其他原因，晏殊有时也放出心爱的侍儿，旋又悔之，所以会产生一些离愁别恨。这首词，或许就是在这种情况中写成的。当然，事情也不宜看得太死，因为不能忽视当时的写词情况。

词的上片起首三句："碧海无波，瑶台有路，思量便合双飞去。"碧海，指海上神山；瑶台，《离骚》有这个词，但可能从《穆天子传》写西王母所居的瑶池移借过来，指陆上仙境。说要往海上神山，没有波涛的险阻，要往瑶台仙境，也有路可通，原来可以双飞同去，但当时却没有这样做；现在"思量"起来，感到"不合"，感到后悔。接着两句："当时轻别意中人，山长水远知何处？"放弃双飞机会，让"意中人"轻易离开，造成后悔，又已无法挽回，现在想念她，可就是"山长水远"，不知她投身何处了。不但不能重聚，而且连消息也都杳然。"轻别"一事，是这首与其他写离愁别恨的词的不同之处，它是产生词中愁恨的特殊原因，是词的感情的症结所在，值得特别重视。张先《碧牡丹》词有"思量去时容易"句，作者《浣溪沙》词有"等闲离别易消魂"句，说的也是轻别的事。一时的轻别，造成长期的思念，"山长"句就写这种思念。它和作者的《鹊踏枝》词的"山长水阔知何处"，属同一意境。

下片，"绮席凝尘，香闺掩雾"，写"意中人"去后的情况，尘凝雾掩，遗迹凄清，且非一日之故。"红笺小字凭谁附"，音讯难通，和《鹊踏枝》的"欲寄采笺兼尺素"而未能的意思也相同。"高楼目尽欲黄昏"，更同于《鹊踏枝》的"独上高楼，望尽天涯路"。既然是远别，不知人在何处，又是音讯难通，那么登高遥望，也就是一种"痴望"。作品故意写"痴"，是表现情深难制。

它不说什么情深、念深，只通过这种行动来表现，显得婉转含蓄。最后接以“梧桐叶上萧萧雨”一句，直写景物，好像不表现它和人物心情的关系，实际上景中有情，情景浑涵，合成一片而不露痕迹，意味更为深长。比较起来，温庭筠《更漏子》的“梧桐树，三更雨，不道离情正苦。一叶叶，一声声，空阶滴到明”，李清照《声声慢》的“梧桐更兼细雨，到黄昏，点点滴滴”还写得显露些；而作者《采桑子》词的“好梦频惊，何处高楼雁一声”，另一首《踏莎行》的“一场愁梦酒醒时，斜阳却照深深院”，结笔的妙处都正相同，都是以景结情。

这首词写离愁别恨，侧重“轻别”，有其“个性”；它从内心的懊悔和近痴的行动来表现深情，婉转含蓄，不脱晏殊词的特点；而结笔蕴藉，神韵卓绝，尤堪玩赏。

（陈祥耀）

踏莎行

小径红稀，芳郊绿遍。高台树色阴阴见。春风不解禁杨花，濛濛乱扑行人面。　　翠叶藏莺，珠帘隔燕。炉香静逐游丝转。一场愁梦酒醒时，斜阳却照深深院。

这是一首描绘暮春初夏景象，抒写时序流逝轻愁的小词。

上片写郊行所见。起手三句画出一幅具有典型特征的芳郊春暮图：小路两旁，花儿已经稀疏，只间或看到星星点点的几瓣残红；放眼广阔的郊野，却见绿色已经遍布大地；高台附近，树木已经繁茂成荫，呈现出一片幽深的颜色。“红稀”、“绿遍”、“树色阴阴见”，标志着春天已经消逝，初夏的气息已经很浓。三句所写虽系眼前静景，但“稀”、“遍”、“见”（同“现”）这几个词语却显示了事物发展的进程和动态。从词人观察景物的角度看，“小径”、“芳郊”、“高台”，也显见移步换形之迹。

“春风不解禁杨花，濛濛乱扑行人面。”杨花扑面，也是暮春典型景色。但词人描绘这一景象时，却特意注入自己的主观感情，写成春风不懂得约束杨花，以致让它漫天飞舞，乱扑行人之面。这一方面是暗示已经再也无计留春，只好听任杨花飘舞送春归去了；另一方面则又突出了杨花的无拘无束和活跃的生命力。虽写暮春景色，却无衰颓情调，而是显得很富生趣。“濛濛”、“乱扑”，都极富动态感。“行人”二字，点醒上片所写，都是词人郊行所见。

“翠叶藏莺，珠帘隔燕。”过片两句，分写室外与室内，一承上，一起下，转接自然，不着痕迹。上句说翠绿的树叶已经长得很茂密，藏得住黄莺的身影，与上片“树色阴阴”相应；下句说燕子为朱帘所隔，不得进入室内，引出下面对室内景象的描写。两句所写景物，仍带明显季节特征。着“藏”、“隔”二字，初夏嘉树繁阴之景与永昼闲静之状如见。

“炉香静逐游丝转。”在闲静的室内，香炉里的香烟，袅袅上升，和飘荡的游丝纠结、缭绕，逐渐融合在一起，分不清孰为香烟，孰为游丝了。这里写了炉香之“逐”，游丝之“转”，表面上是写动态，实际上却反托出整个室内的寂静。“逐”上着一“静”字，境界顿出。那袅袅炉烟与游丝，都很容易让人联想起主人公永日无聊的情思和闲愁。

“一场愁梦酒醒时，斜阳却照深深院。”结拍跳开，接到日暮酒醒梦觉之时：午间小饮，酒困入睡，等到一觉醒来，已是日暮时分，西斜的夕阳正照着这深深的朱门院落。这里点明“愁梦”，说明梦境与春愁有关。梦醒后斜阳仍照深院，便有初夏日长难以消遣之意，贺铸《薄幸》词“人间昼永无聊赖。

厌厌睡起，犹有花梢日在"，也正是此意。

初读起来，结尾两句似乎和前面的景物描写有些脱节，主人公的愁绪来得有些突然。实际上前面的描写中一方面固然流露出对春暮夏初富于活力的自然景象的欣赏，另一方面又隐含有对已逝春光的惋惜。由于这两种矛盾的情绪都不那么强烈，就有条件地共处着。当芳郊纵目之际，欣赏之情处于显要地位；当深院闲居之时，惋惜之情转而滋长。结尾二句就是后一种情绪增长的结果。由于这种春愁只是一种时序流逝的惆怅，本身并没有多少实质性的内容，所以它归根到底不过是淡淡的轻愁，并没有否定前者。

（刘学锴）

渔家傲

荷叶初开犹半卷，荷花欲拆[1]犹微绽。此叶此花真可羡，秋水畔，青凉伞映红妆面[2]。　　美酒一杯留客宴，拈花摘叶情无限。争奈[3]世人多聚散，频祝愿，如花似叶长相见。

〔注〕 ① 拆：开放。　② 青凉伞映红妆面："青凉伞"喻荷叶，"红妆面"喻荷花。　③ 争奈：怎奈。

《渔家傲》，双调小令，六十二字。唐、五代词中不见此词牌，晏殊《珠玉词》有十四首《渔家傲》词，联章吟咏荷花，因首章中有一句"神仙一曲渔家傲"，取以为词牌名。这十四首《渔家傲》主题统一，围绕荷花从不同角度表

达时光易逝，行乐须及时之意。此词是第三首。

这首词明白如话，具有民间词和文人词的双重特点。前者如首二句“荷叶初开犹半卷，荷花欲拆犹微绽”句式重复，再如“花”与“叶”这对意象在每一句中重复出现，构成反复咏叹的效果，这都是民间词的特点。后者如上阙结尾“青凉伞映红妆面”，以人喻花，下阙结尾“如花似叶长相见”，以花喻人，首尾呼应，针线细腻，明显出于文人手笔。

“如花似叶长相见”是这首词的主题所在，它有双重含义，既表达了希望亲朋好友可如荷花荷叶般长相厮守的愿望，更表达了对于青春和美好时光的挽留。“美酒一杯留客宴”的“留”字是词眼，挽留的不仅是人，更是此时此景此情。荷叶只是“初开”，犹然“半卷”，荷花虽然“欲拆”，仍是“微绽”，一切都处在活力满足然而未到最盛之时，蕴含着无限的生机和未来。“此叶此花真可羡”，真正可羡的是花与叶此时的状态。俗话说筵席最好就是未开场，及至酒酣耳热，不免已到饮散歌阑之时。青春逝去，韶光已老，那么即使还花叶相依，也是一派“此花此叶常相映，翠减红衰愁杀人”（李商隐《赠荷花》）的衰态了。

晚唐词人皇甫松有两首《摘得新》小词，和这首词可以兼看，更能理解作者“如花似叶长相见”之意。

“摘得新，枝枝叶叶春。管弦兼美酒，最关人。平生都得几十度，展香茵。”

“酌一卮，须教玉笛吹。锦筵红蜡烛，莫来迟。繁红一夜经风雨，是空枝。”

人生莫空度，须如鲜花翠叶长相见，休似落叶空枝徒聚散。

（孔燕妮）

【原文】

渔家傲

越女采莲江北岸，轻桡短棹随风便。人貌与花相斗艳，流水慢，时时照影看妆面。　　莲叶层层张绿伞，莲房个个垂金盏。一把藕丝[①]牵不断，红日晚，回头欲去心撩乱[②]。

〔注〕 ① 藕丝：双关语，谐音“偶思”。　② 撩乱：纷乱。王昌龄《从军行》：“撩乱边愁弹不尽，高高秋月照长城。”

这首词是晏殊十四首《渔家傲》咏荷词的第十首，描绘了一名美丽的采莲女。这位采莲女出现在江北岸，轻桡短棹，随风来去，时而与荷花争奇斗艳，“芙蓉向脸两边开”（王昌龄《采莲曲》），时而低下头，在缓慢的流水中顾盼容颜。荷叶如伞，莲房如盏，采莲女的心中藏着无数“偶思”，那是对情人的思念。眼看红日就要落山，她乘舟欲去，却又迟疑徘徊，心中缭乱。

五代与北宋词中有不少采莲词，有些是实写，有些则有譬喻意义。晏殊的这首《渔家傲》兼有实写和譬喻双重含义。作实写讲，如前所说，是描述一位采莲女的声容与情态。作譬喻讲，这位美丽的采莲女亦是青春与欢乐的象征。人们在青春年少的时候往往飞扬恣意，随心所欲，所谓“轻桡短棹随风便”，时不时顾影自怜，尽情展现自己的价值与才华。当年少日，总是暮宴朝欢，“西园夜饮鸣笳，有华灯碍月，飞盖妨花”（秦观《望海潮》）。“绿伞”与“金盏”正是欢歌宴饮的代名词。而年纪渐大，友朋飘零，物是人非，即使万分留恋昔日的青春与欢乐，也不得不走向人生的末途。“红日晚”，人生短，欲去难去，寸心缭乱，是不忍，是不舍，也是不愿与不甘。

晏殊在这十四首《渔家傲》词的序章中写道："画鼓声中昏又晓，时光只解催人老。求得浅欢风日好，齐揭调，神仙一曲渔家傲。　绿水悠悠天杳杳，浮生岂得长年少。莫惜醉来开口笑，须信道，人间万事何时了。"表达了对青春与欢乐时光的留恋。此一主题在其他十三首中亦反复出现，如第八首："待得玉京仙子到，凭向道，红颜只合长年少。"第十四首："总是凋零终有恨，能无眼下生留恋。"感怀时光，留恋青春与欢乐是人的本性，晏殊不是所有词人中感慨最深的，却是表达最委婉、最谐和而最富有诗性思辨的。当然，本词中并没有"无可奈何花落去"那样的名句，但遣词造句仍具有《珠玉词》娴雅雍容的特点，如"莲叶层层张绿伞，莲房个个垂金盏"，绿伞与金盏自非采莲女所宜有。此正如"梨花院落溶溶月，柳絮池塘淡淡风"，非富贵高雅之士而难言也。

（孔燕妮）

山亭柳 赠歌者

家住西秦，赌博艺随身。花柳上，斗尖新。偶学念奴声调，有时高遏行云。蜀锦缠头无数，不负辛勤。　数年来往咸京道，残杯冷炙漫销魂。衷肠事，托何人？若有知音见采，不辞遍唱阳春。一曲当筵落泪，重掩罗巾。

这首词在晏殊词中是一种变调，与他平时不为激言烈响的温润的风格颇有不同，因为这首词表现了一种颇为激切的感情，这在晏殊词中是一种例外。而同时这首词前面还加了一个"赠歌者"的题目，这在晏殊一贯并无

【鉴赏】

标题的小词中,也是一种例外。

有些诗人词人,喜欢把激动的感情明显、直接、强烈地表现出来,喜欢把自己血淋淋的伤口展露给别人看。晏殊作为一个理性词人,有了痛苦也不肯把血淋淋的伤口毫无遮掩地呈现给别人看,而是深藏起来,只借某一件情事曲折地表达。所以我们以为这首词表现出的激情和加一个"赠歌者"的题目这样两个例外,结合起来又表现了晏殊词里一个值得注意的特色,即是"借他人酒杯,浇自己块垒"(引郑骞《词选》语),迂回地表达了自己激动的不平的心情。那么,晏殊为什么有如这首词里所表现的激动和不平的心情呢?我们知道,晏殊曾因为在仁宗朝给李宸妃撰写墓志,未言及宸妃生仁宗之事,而被贬出,辗转在颍州、陈州、徐州各地任职,后来又曾"知永兴军"。这件宫闱秘事即是戏曲中《狸猫换太子》所依据的史实:原来宋真宗时曾有一位李宸妃,后来李妃怀孕了,而刘后未孕也假说有孕在身,当李妃产下一子之后,刘后即勾通宦官,抱走了李妃之子,并谣传李妃生的是个怪胎,使李妃失宠于真宗。而刘后抱养的李妃之子,就是被立为太子、以后承继了帝位的仁宗。显然这是封建宫廷中的皇后、妃子争宠,以保存自己的牢固地位。晏殊被真宗朝这种宫闱秘事牵涉,是在仁宗继位之后的事。当时李妃死了,仁宗命宰相晏殊为李妃撰墓志,由于刘皇后尚健在,晏殊没敢把仁宗是李妃所出这件史实记在李妃的墓志中。其实当时尽管许多人都在传说、议论着宫闱秘事,但却没有人敢直接说出来。不只是晏殊,换了别人撰写李妃墓志也不敢直接揭露此事。可是当刘皇后死了,大家都敢说这件事了。也不复再是宫闱秘事了,于是就有人对仁宗指说晏殊在当初撰写李妃墓志时不敢直言,于是晏殊就被贬了。另外,晏殊还曾驱使官兵为自己大兴土木,建置官舍。这在宋代官吏中本是极普遍的,但也成了晏殊被贬的一个罪名。从《宋史》中晏殊的传记上看,晏殊被罢相贬出,很多人同情他,以为"非其罪",所以晏殊本人当然有更为激动不平的心情。

【鉴赏】

晏殊的词集名《珠玉词》，这与他的词的圆柔、温润的风格特色是很相称的。出现《山亭柳》这样一首特殊风格的词，是晏殊词风格的一个变调，自有它独特的、多种的形成的因素。台湾出版的郑骞所编的《词选》，以为"此词云'西秦'、'咸京'，当是知永兴军时作，时同叔年逾六十，去国已久，难免抑郁"。这种写作的背景和心情，自然是使这首词形成如此激越之风格的重要因素；而另外则就其标题之"赠歌者"来看，则当时也应该确实有一个歌者，曾经以她的身世经历引起了晏殊的感动和共鸣，因而才有此感慨激情。但晏殊毕竟是理性的，他依然对如此冲动的感情作了反省、节制和操持，采取了适当的安排和处理，即以"赠歌者"的题目，艺术地把自身与感情拉开一段距离，像演双簧一样，自己站在幕后，让歌女站在台前表演，自己浓烈的感情，变成歌女的台词抒发出去，传达感染于人。白居易《琵琶行》描写的琵琶女和诗中"同是天涯沦落人，相逢何必曾相识"，"座中泣下谁最多，江州司马青衫湿"的感情境界，可以与晏殊这首《山亭柳》中的情事相参看，大有异曲同工之妙。

晏殊《山亭柳》词的变调，要结合两点特色来看。一个是激动的感情，为一变；再一个是以"赠歌者"的题目把感情的慷慨激昂推远一步，又为一变。这两个"变"的结合，有如代数中的"负负为正"一样，使这首《山亭柳》词与晏殊《珠玉词》中的风格特色成为相反相成，并未破坏晏词风格的统一。

下面我们具体欣赏讲析词的内容：

首句"家住西秦，赌博艺随身"，是歌女自述的口气，是自信、自负的。"家住西秦"是写实，因为下面有"数年来往咸京道"的句子，歌女当是住在陕西附近。"赌"是比赛竞争之意，读时要将此一字单独顿开，读成"赌——博艺随身"。这两句是歌女述说自己的出身，自言具有多种浪漫的艺术技能，敢和人比赛竞争。有些版本写"博"为"薄"，以为既可以免除字面上"赌博"（掷骰子耍钱的游戏）的误会，又能讲为歌女的自谦之词，说她自己有一

【鉴赏】

点微薄的技艺随身。自谦说自己有点薄技不敢随便献丑,这是一般的常情,合于一般人的情理,但在这里却不恰当。因为下面“花柳上,斗尖新。偶学念奴声调,有时高遏行云”,都是歌女十分自负的口气。而且说成自谦在字面上虽然讲得通,但却与整个词的内容意义相悖。“花柳上,斗尖新”。“花柳”代指一切歌舞艺术才能技巧。“斗”,仍是竞赛之意。“尖”,是高处,是过人之处。“新”,不是陈陈相因的旧套。合起来,这是歌女说自己在多种艺术才能上敢和大家竞赛,并且比别人高超,新颖独创,绝不流俗。“偶学念奴声调,有时高遏行云”,是具体形象地夸述自己的才能如何。“偶”,有随便之意。“念奴”是唐天宝年间有名的歌女。这里说我偶尔随便一唱当年念奴曾经唱过的歌,能让天上的行云停住,听我歌唱,足见我唱得有多么美,多么动听。“高遏行云”,语出《列子·汤问》,说古有歌者秦青“抚节悲歌,声振林木,响遏行云”。前面这几句,是失意时回忆当年得意情事,所以,每一句自负的、向上扬的情绪背后,都有一种反衬中的失意的悲慨。自负的口气,实在是自负的不平。“蜀锦缠头无数,不负辛勤”,写当年得意之时,歌声一发,令众人倾倒,博得赏赐无数,不辜负自己多年的辛劳。“蜀锦”,是四川的丝织品,在当时很名贵,古时歌女多以锦缠头,因借“缠头”之名指称赠与她们的财帛。白居易《琵琶行》:“五陵年少争缠头,一曲红绡不知数”,可以参看。

下片首句“数年来往咸京道,残杯冷炙漫销魂”,是失意后的凄凉冷落的境遇写照。我们前面曾论述过晏殊这首词是“借他人酒杯浇自己块垒”。从词里的“西秦”、“咸京道”地点上看,当是晏殊被贬知永兴军时,慨叹自己的不平境遇而作的。所以,这首词的整个口吻都寄托着感慨。杜甫《赠韦左丞》诗:“骑驴十三载,旅食京华春。残杯与冷炙,到处潜悲辛”,是写杜甫当年身困长安时遭受的冷落。晏殊这里的“残杯冷炙”,语正出自杜甫这首诗,境界是同样的可悲,令人“销魂”。“衷肠事,托何人!”古代的歌者,多数是女子，因为封建社会女子没有独立的地位，都盼望能找一个可以终生相托的人。特别是一个歌女，一旦“暮去朝来颜色故”，便没有人再欣赏她了，做歌女总不是下场。其实还不仅是女子，即使男子也是盼望找到一个足以托身的所在，可以安身立命，终生为之奉献而不改变。古人说“良禽择木而栖，良臣择主而事”，也是相同的意思。下句“衷肠事”，是指内心的事，这里是指终生相托的大事。接着下句说：“若有知音见采，不辞遍唱阳春”，仍是以歌女的口气自述：我终身的事托给谁？谁又是我可以终生相托的人？假如有一个知我心的人“见采”，“采”是选择、接纳，如果我被这个知音者选择、接纳，那么，我将唱尽高雅美好的《阳春白雪》的曲子，把自己一切最美好的都奉献给他。这虽然是一个歌女的口吻，但这又实在是中国旧知识分子、封建士大夫的传统品德，即如果有一个人以国士待我，我一定以国士报之。因为中国人有这样的传统，都希望找到一个能够了解和欣赏自己的人，找到一个知音。《古诗十九首》“西北有高楼”诗云：“不惜歌者苦，但伤知音稀”，便写的是这种情意。晏殊这里的“若有知音见采”，“若有”是实无，也就是悲叹找不到知音。那么，你纵然有奉献的感情，纵然愿意“不辞”，愿意“遍唱”，又有谁接受你的殷勤，接受你的美意？所以就“一曲当筵落泪，重掩罗巾”了。可以想象得出，这个歌女在酒筵前唱歌，想起当年得意之时的满堂彩声，眼下却这样凄清冷落，不禁当即流下了眼泪。晏殊当时在这个筵席前，可能看到了这个老大伤悲、不得其所的歌女之悲哀，引起了自身遭贬受逐、客居外乡的境遇的悲伤。而晏殊所托喻的是歌女，就歌女而言，则还有更深一层的悲哀，那就是歌女是“卖笑”的。是要以笑语欢歌博取人家的欢喜、人家的报酬，所以，内心即使有悲哀，眼中有泪水，也要“重掩罗巾”，不能让人看到。“重掩”，是屡次流泪，屡次擦干。屡次感到悲哀，而又屡次不能让人看到悲哀，而强作笑颜，这正是一种极为深重的悲哀。

晏殊这首《山亭柳》，感慨很深。我们在欣赏当中，像我们欣赏其他作品一样，征引了许多旁人的诗作、词作为参照，作映发，不是徒然的，因为一定要这样，你才能把晏殊词里十分深刻的、沉重的感发的生命力传达出来，把中国古典诗词中几千年的感发生命的传统表达出来，像这种感发的生命，及其中所传达的中国古典诗歌中的悠久的传统方面的情意的引发和联想，是我们在欣赏阅读古典诗词时，所最应当加以细心体会和留意的。

（叶嘉莹）

破阵子

燕子来时新社，梨花落后清明。池上碧苔三四点，叶底黄鹂一两声，日长飞絮轻。　巧笑东邻女伴，采桑径里逢迎。疑怪昨宵春梦好，原是今朝斗草赢，笑从双脸生。

二十四节气，春分连接清明——这正是一年春光最堪留恋的时节。春已中分，新燕将至，此时恰值社日也将到来，古人称燕子为社燕，以为它常是春社来，秋社去。词人所说的新社，指的即是春社了。那时每年有春秋两个社日，而尤重春社，邻里大聚会，来行祀社（大地之神也）之礼，酒食分餐，赛会腾欢，极一时一地之盛。闺中少女，也“放”了“假”，正所谓“问知社日停针线”，连女红也是可以放下的，呼姊唤妹，许可门外游观。词篇开头一句，其精神全在于此。

我们的民族“花历”，又有二十四番花信风，自小寒至谷雨，每五日为一花信，每节应三信有三芳开放；按春分节的三信，正是海棠花、梨花、木兰花。梨花落后，清明在望。词人写时序风物，一丝不走。当此季节，气息芳润，池畔苔生鲜翠，林丛鹂啭清音。——春光已是苒苒而近晚了，神情更在言外。清明的花信三番又应在何处？那就是桐花、麦花与柳花。——所以词人接着写的就是“日长——飞絮”。古有句云：“落尽海棠飞尽絮，困人天气日初长”，可以合看。文学评论家于此必曰：写景，写景；状物，状物！而不知时序推迁，光风流转，触人思绪之闲情婉致也。

当此良辰佳节之际，则有二少女，出现于词人笔下，言动于吾人目前：在采桑的路上，她们正好遇着；一见面，西邻女就问东邻女：“你怎么今天这么高兴？——夜里做了什么好梦了吧？快告诉人听听！……”东邻女笑道：“莫胡说！人们刚才和她们斗草来着，得了彩头呢！”

“笑从双脸生”五字，再难另找一句更好的写少女笑吟吟的句子来替换。何谓双脸？盖脸本从眼际得义，而非后人混指“嘴巴”也。故此词之美，美在情景，其用笔，明丽清婉，秀润无伦，而别无奇特可寻之迹；迨至末句，收足全篇，神理尽出，此虽非奇，岂为常笔？天时人事，物态心情，全归于一切。若无神力，能到此境乎？

古代词曲，写妇女者多；写少女者少。写少女而似此明快活泼、天真纯洁者更少。然而，不知缘何，我读大晏的“池上碧苔三四点，叶底黄鹂一两声”，不自禁地联想到老杜的“映阶碧草自春色，隔叶黄鹂空好音”；它们之间，分明存在着共鸣之点。此岂为写景而设乎？我则以为正用景光以传心绪。其间隐隐约约，有一种寂寞难言之感，而此寂寞感，古来诗人无不有之，盖亦时代之问题，人生之大事，本非语言文字间可了，而又不得不一抒写，其为无可如何之意，灼然可见，但老杜为托之于丞相祠堂，大晏则移之于女郎芳径耳。倘若依此而言，上文才说的明快活泼云云，竟是只见它一个方面，究其真际，也是深深隐藏着复杂的情感的吧。

（周汝昌）

【原文】

玉楼春

绿杨芳草长亭路，年少抛人容易去。楼头残梦五更钟，花底离愁三月雨。　　无情不似多情苦，一寸还成千万缕。天涯地角有穷时，只有相思无尽处。

本词写闺怨，颇具婉转流利之致，词中不事藻饰，没有典故，除首两句为叙述，其余几句不论是用比喻，还是用反语，用夸张，都是通过白描手段反映思妇的心理活动，亦即难以言宣的相思之情。

上片一开始是写景。时间是绿柳依依的春天，地点在古道长亭，这是旅客小休之所，也是两人分别之处。“年少”句叙述临行之际，她是泪眼相看，无语凝咽，感到他轻易地撇下我就走了。年少，是指思妇的“所欢”，也即“恋人”，据赵与时《宾退录》记载，晏幾道曾为其父辩解，说本词中的“年少”是“年轻”之意：“晏叔原见蒲传正曰：‘先君平日小词虽多，未尝作妇人语也。’传正曰：‘绿杨芳草长亭路，年少抛人容易去，岂非妇人语乎？’叔原曰：‘公谓年少为所欢乎，因公言，遂解得乐天诗两句：欲留所欢待富贵，富贵不来所欢去。’传正笑而悟。余按全篇云云，盖真谓所欢者，与乐天‘欲留年少待富贵，富贵不来年少去’之句不同，叔原之言失之。”本词写思妇闺怨，也的确是“妇人语”，晏幾道为父辩解之言缺乏说服力量。

“楼头”两句，即自上面“年少抛人”引出，把她的思念之意生动地描绘出来，从相反方面说明“抛人去”者的薄情。白昼逝去，黑夜降临，她辗转反侧，很久之后才悠悠进入睡乡，但很快就被五更钟声惊破了残梦，使她重又陷入无边的失望。窗外，飘洒着雾也似的春雨，那些花瓣像是承受不住恨别的泪水，带着离愁纷纷落下。李白《大堤曲》有句云："春风复无情，吹我梦魂散。不见眼中人，天长音信断"，是说无情春风吹散梦魂，使她在白天和梦中都见不到音书已绝的恋人。王安国《清平乐》曰："满地残红宫锦（指落花）污，昨夜南园风雨。小怜初上琵琶，晓来思绕天涯。"形容思妇见雨后落花而引起遐思。可见"残梦"和"落花"在这里都是用来曲折地抒发怀人之情，语言工致匀称。陈廷焯《白雨斋词话》称其"婉转缠绵，深情一往，丽而有则，耐人寻味"。

下片两用反语，先以无情与多情作对比，继而以具体比喻从反面来说明。"无情"两句，从"楼头"两句生发而来，用反语以加强语意。先说无情则无烦恼，因此多情还不如无情，从而反托出"多情自古伤离别"的深衷；"一寸"指心，柳丝缕缕，拂水飘绵，最识离怀别苦。两句意思是说，无情，怎似得多情之苦，那一寸芳心，化成了千丝万缕，蕴含着千愁万恨。词意来自李煜"一片芳心千万绪，人间没个安排处"（《蝶恋花》），与冯延巳"心若垂杨千万缕，水阔花飞，梦断巫山路"（《蝶恋花》），意思亦相接近。

末两句含意深婉。天涯地角，昔人以为是天地之尽头，所以说是"有穷时"。然而，别离之后的相思之情，却是无穷无尽，即所谓"无穷无尽是离愁"。这是通过比较来体现出因"多情"而受到的精神折磨，感情真切而含蓄，对于那个"抛人"而去的薄幸年少，却毫无埋怨之语，所以《蓼园词选》说："末二句总见多情之苦耳。妙在意思忠厚，无怨怼口角。"

（潘君昭）

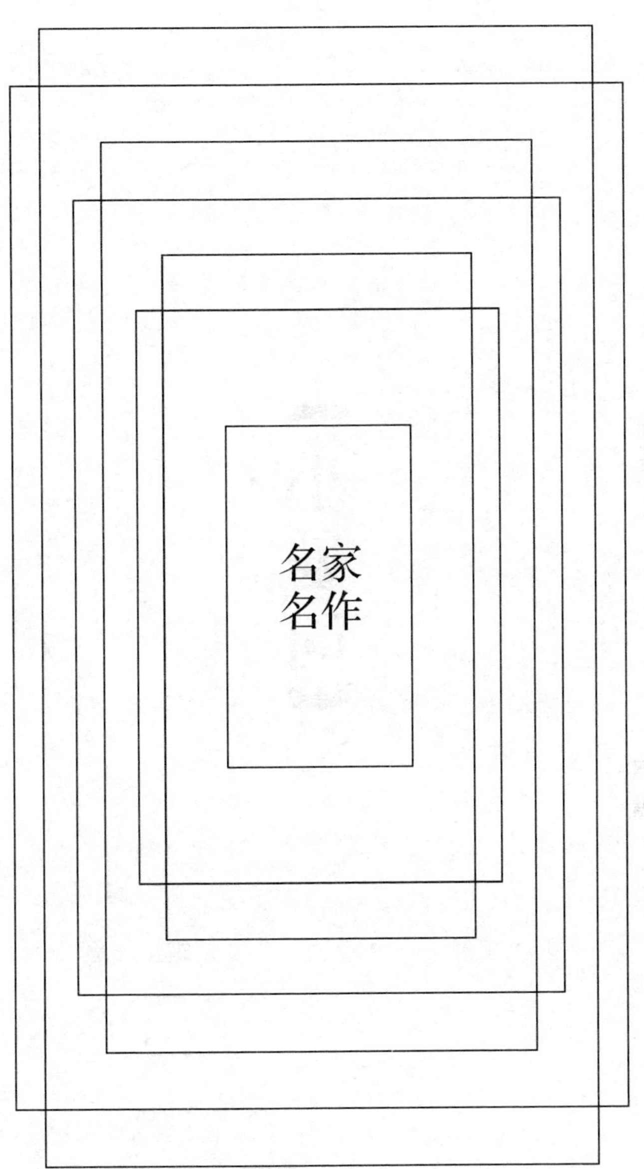

周汝昌 缪钺 刘逸生 叶嘉莹 刘学锴 徐培均 余恕诚 周啸天等撰写

【小晏词】

【原文】

临江仙

斗草阶前初见，穿针楼上曾逢。罗裙香露玉钗风。靓妆眉沁绿，羞脸粉生红。　　流水便随春远，行云终与谁同？酒醒长恨锦屏空。相寻梦里路，飞雨落花中。

这是一首深情款款的怀人之作。怀念一个已经离开自己的女子。这个女子大概是过去晏家相府中的一个婢女。

先请看上阕。不过是寥寥五句，可是一句一景，一景一情，景中不仅有人，也有人物的感情透出；而且，通过这情景交融的描写，又暗暗交代了双方的感情由浅而深，逐步递变。更妙的是，这个女子的音容笑貌，也仿佛可以呼之欲出。

“斗草阶前初见”，有一天，她同别的姑娘在阶前斗草的时候，他第一次看见了她。斗草，据《荆楚岁时记》：“五月五日，四民并踏百草。又有斗百草之戏。”而柳永《木兰花慢》清明词云“盈盈，斗草踏青”，则春日亦有此游戏。“穿针楼上曾逢”，转眼又到了七夕。七夕，女子在楼上对着牛郎织女双星穿针，以为乞巧。《西京杂记》说：“汉彩女尝以七月七日穿七孔针于开襟楼”。这种风俗就从汉代一直流传下来。这天晚上，在穿针楼上，他又同她相逢了。“罗裙香露玉钗风”以下三句，是补叙两次见面时她的情态。她的裙子沾满了花丛中的露水，玉钗在头上迎风微颤。她“靓妆眉沁绿，羞脸粉生红”，靓妆才罢，新画的眉间沁出了翠黛，她突然看到了他，粉脸上不禁泛起了娇红。以上既有泛写，又有细腻的刻画，一位天真美丽的女子形象如在目前。末句一“羞”字，已露情意。

进入下阕，已是女子离开晏府之后了。中间留下了一大段空白，到底他同她有过一段什么样的关系，发生过什么样的感情，小晏没有正面加以描写，但是，从小晏那深情一片的忆念中，仍可探出一二。

“流水便随春远”，义兼比兴，说那人就像流水一样，随着春天的逝去而去远了。“春”也是象征他们的欢聚，可惜不能长久。“行云终与谁同”，用巫山神女“旦为朝云，暮为行雨”（见《高唐赋》）的典故，说她像传说中的神女那样，不知又飘向何处，依附谁人了。“酒醒长恨锦屏空”，人是早已走了，再也不回来了。可是，那情感却一直留了下来。每当夜阑酒醒的时候，总觉得围屏是空荡荡的，他永远也找不回能够填满这空虚的那一段温暖了。正因为她像行云流水，不知去向，所以只好在梦里相寻了。“相寻梦里路，飞雨落花中”，在春雨飞花中，他独个儿跋山涉水，到处寻找那女子。尽管这是在梦里吧，他仍然希望能够找到她。小晏是一位没落的贵公子，他的有些词还是能以同情而严肃的态度塑造底层女子的形象。这二句便有一种不能自已的真情实感，有意无意之间还向我们揭示他心中有一种对美好事物执着追求的崇高情操。

这首词写情婉转而含蓄。词人正面写了与女子的初见、重逢，至于锦屏前的相叙，他俩更接近了，但词人却没有正面写，只是通过“锦屏空”来透露，这样写就更耐人寻味，更给人以深刻的印象。梦中相寻路上的“飞雨落花”，这一句写得也很含蓄，不仅给梦境以迷蒙的色彩，而且含蓄地暗示出女子的遭遇和梦中的难寻，同时还透露出小晏无可奈何的情怀，抒发了自己生活中的真正哀愁。

（刘逸生）

【原文】

临江仙

淡水三年欢意，危弦几夜离情。晓霜红叶舞归程。客情今古道，秋梦短长亭。　　绿酒尊前清泪，阳关叠里离声。少陵诗思旧才名。云鸿相约处，烟雾九重城。

大小二晏，均以善作令词闻名。在词体屡生新变的北宋词坛，小晏始终将令词作为创作的主要方向，这一点无疑是受到家学传统的影响。然小晏之作，又多和大晏不同。大晏身为太平宰相，其词作，主要以"气象"为追求的目标(参吴处厚《青箱杂记》卷五)，表现的多是富贵闲愁，故其词句虽雅，读久之后却往往觉得意气单薄。大晏生时诗作近万篇(参宋祁《宋景文笔记》卷上)，而传者寥寥，或许正和他的作品相对缺乏现实内容有关。至于小晏，虽亦生于贵人之家，但当其时，家道已经衰落。小晏虽才高八斗，但一生只能沉居下僚，故其作词，常暗含身世之感。小晏生性高傲，虽饱受挫折，却终不肯依人下人。即使心中充满不平，亦不肯作一愤激失态之语。不平的生活遭遇、高傲的性格、文雅内敛的贵族修养以及天生的深情痴性，这一切结合在一起，催生出晏幾道独特的温婉深挚的词风。从词以言情这个角度来说，晏幾道其实比乃父更近了一步。本词就是晏幾道这种深挚词风的一个代表。

"淡水三年欢意，危弦几夜离情。"首句起得颇为急切，一下子便将读者拉入到告别的场景当中。同时，这种急切的切入，也暗示了离别结果的不可改变——因为，它已经成为了事实。《礼记・表记》："君子之交淡如水，小人之交甘如醴。君子淡以成,小人甘以坏。"所谓"淡水"云云,并非是形容情谊平淡如水,而是在着重强调情感与交往的纯正性。"危弦",犹言急弦。《文选·张协〈七命〉》:"抚促柱则酸鼻,挥危弦则涕流。"李善注:"郑玄《论语》注曰:'危,高也。'侯瑾《筝赋》曰:'急弦促柱,变调改曲。'陆机《前缓歌行》曰:'大客挥高弦。'意与此同也。"古人迎来送往,常有音乐相伴。声弦急促,如催告别,又为这离别的场面配上了一种声音效果。行文至此,按照一般的习惯写法,词的下文可能会有两种不同的接续方式:一种是接写倒时序的追忆。这样的好处是会造成一种章法上的跌宕,使词显出一种回环之美。一种是顺接顺时序的铺写,展望离别之后的种种场景。这样的好处是能够体现出感情的绵绵不断,且能为作品留下绕梁不绝的余绪。小晏基本上采取了后一种的写法,只不过,他稍稍改变了叙事的节奏,用一种场面描写稍稍缓和了一下上文的奔泻直下之势。"晓霜红叶舞归程。"这是写眼前景,这样的句子,实在是充满了画面感。归程已在眼前展开,人却将行而未行。霜风渐起,红叶飘飞,一条迢迢的道路,一端连接着即将告别的现在,另一端则是连接着别后遥远的未来,时间与空间合二为一了。"客情今古道,秋梦短长亭。"今古道,点出古往今来,事皆如此。一条古道,不知承载了多少离别,这就再使眼前的离别具有了一种超越时空的含义。短长亭,本是古人分手话别或是旅行时休息的地方,所谓"十里一长亭,五里一短亭",如今却仿佛变成了刻度,刻画下了离别的距离。以长亭古道为背景来设置人物和铺写感情,是晏幾道非常喜欢的方法。他在另一首《浣溪沙》中亦有句:"衣化客尘今古道,柳含春意短长亭。"与本词一写春一写秋,倒也可形成映衬。

词之上片写将别而未别,充满了张力。下片却又回荡一笔,不写离别,而继续写离别之场面。"绿酒尊前清泪,阳关叠里离声。"古人送别,历来有唱《阳关曲》的传统。含泪举杯,唱曲作别,离别的对象终于出现了。"少陵

【鉴赏】

诗思旧才名。”少陵，即杜甫。“旧才名”，犹言才名已老，享名已久而终无所用之意。这句是小晏自况平生，是对眼前人的诉说，也是抒发心中的感慨和牢骚。李明娜《小山词校笺注》引杜甫《戏简郑广文虔兼呈苏司业源明》诗：“广文到官舍，系马堂阶下。醉则骑马归，颇遭官长骂。才名四十年，坐客寒无毡。赖有苏司业，时时与酒钱。”以为小晏是以郑广文自比，正不必如此坐实。

“云鸿相约处，烟雾九重城。”至词的末尾，词人终于把词笔荡向远处，展望了一下未来。云、鸿，当即是晏幾道挚爱的两个歌女的名字。在《小山词》的自序当中，作者曾经谈到过自己早年和这几位歌女的情感经历：“沈十二廉叔、陈十君宠家，有莲、鸿、蘋、云，品清讴娱客。每得一解，即以草授诸儿。吾三人持酒听之，为一笑乐。已而，君宠疾废卧家，廉叔下世，昔之狂篇醉句遂与两家歌儿酒使俱流传于人间。”这几位歌女的名字，常常出现在晏幾道的词作当中。她们既是晏幾道挚爱的对象，同时亦是晏幾道精神上的安慰。在仕途受到挫折之后，爱情几乎成了晏幾道全部的精神寄托。他的理想，他的情绪，全是借助对爱情的描写抒发出来。可是这爱情与希望的结局又是怎么样呢？“云鸿相约处，烟雾九重城。”即使是用真心许下约定，这约定就一定能够实现么？九重城，本是天子居住的地方。天子之居有门九重，故称。这里盖亦泛指而已。相约之地雾锁重城，到末了，还是一个看不清楚的未来。

李清照作《词论》，曾说小晏的词“苦无铺叙”，粗看有理，细分析，却未必精当。小晏所写，多为小令。而铺叙，则是作长调之法。词体既短，自无太多渲染铺写的空间。故作小令者，多把注意力转向情感的提升和词句的锻炼方面。小晏此词，语句醇雅，感情真挚，场面安排上亦是别见匠心，总体而言，还是成功之作。

（刘竞飞）

【原文】

临江仙

梦后楼台高锁，酒醒帘幕低垂。去年春恨却来时。落花人独立，微雨燕双飞。　　记得小蘋初见，两重心字罗衣。琵琶弦上说相思。当时明月在，曾照彩云归。

这是晏幾道词的代表作。在内容上，它写的是《小山词》中最习见的题材，对过去欢乐生活的追忆，并寓有“微痛纤悲”的身世之感；在艺术上，它表现了《小山词》特有的深婉沉着的风格。可以说，这首词代表了作者在词的艺术上的最高成就，堪称婉约词中的绝唱。

本词当是别后怀思歌女小蘋之作。上片用两个六言句对起。午夜梦回，只见四周的楼台已闭门深锁；宿酒方醒，那重重的帘幕正低垂到地。“梦后”、“酒醒”二句互文，写眼前的实景。对偶极工，意境浑融。“楼台”，当是昔时朋游欢宴之所，而今已人去楼空。词人独处一室，在阒寂的阑夜，更感到格外的孤独与空虚。企图借醉梦以逃避现实痛苦的人，最怕的是梦残酒醒，那时更是忧从中来，不可断绝了。《小山词》中常见“梦”、“酒”等语，多有深意，这里的“梦”字，语意相关，既可能是真有所梦，重梦到当年听歌笑乐的情境，也可指“悲欢合离之事，如幻如电，如昨梦前尘”（《小山词·自序》）。如作者《踏莎行》词云：“从来往事都如梦，伤心最是醉归时。”也许，此时已是“君龙疾废卧家，廉叔下世”之后了。起二句情景，非一时骤见而得之，而是词人经历过许多寥寂凄凉之夜，或残灯独对，或酽酒初醒，遇诸目中久矣，忽于此时炼成此十二字，始如弥勒弹指，得现“华严境界”（《艺蘅馆词选》引康有为评)。所谓“华严境界”,是说它已进入佛家的空寂之境,这种空寂,正是词人内心世界的反映,是真正的“伤心人”的感受。“去年春恨却来时”,一句承上启下,转入追忆。“春恨”,因春天的逝去而产生的一种莫名的怅惘。点出“去年”二字,说明这春恨的由来已非一朝一夕的了。同样是这春残时节,同样恼人的情思又涌上心头——“落花人独立,微雨燕双飞”!孤独的词人,久久地站立庭中,对着飘零的片片落英;又见双双燕子,在霏微的春雨里轻快地飞去飞来。“落花”、“微雨”,本是极清美的景色,在本词中,却象征着芳春过尽,美好的事物即将消逝,有着至情至性的词人,怎能不黯然神伤?燕子双飞,反衬愁人独立,因而引起了绵长的春恨,以致在梦后酒醒时回忆起来,仍令人惆怅不已。这种韵外之致,荡气回肠,真教后世的读者也不能自持,溺而难返了。

谭献谓“落花”二语“名句千古,不能有二”(《谭评词辨》卷一),颇引起近人议论。论者谓此二语出自五代翁宏《宫词》(一作《春残》):“又是春残也,如何出翠帏?落花人独立,微雨燕双飞。寓目魂将断,经年梦亦非。那堪愁向夕,萧飒暮蝉辉。”其实,宋词袭用前人成句,已成惯例,毋须指摘。好句,往往是要与全篇融浑在一起的。翁诗全首平庸,“落花”二语在其中殊不特出。小晏一把它化入词中,妙手天然,构成一凄艳绝伦的意境。以故为新,点铁成金,具见词家手段。

换头一句,是全词关键。“记得”,那是比“去年”更为遥远的回忆,是词人“梦”中所历,也是“春恨”的缘由。小蘋,歌女名,是《小山词·自跋》中提到的莲、鸿、蘋、云中的一位。小晏好以属意者的名字入词,以纪其坠欢零绪之迹,而小蘋更是他所深深眷恋的:“小蘋若解愁春暮,一笑留春春也住”(《木兰花》)、“小蘋微笑尽妖娆”(《玉楼春》),可想见她是个天真烂漫、娇美可人的少女。本词中特标出“初见”二字,用意尤深。也许,尔后的许多情事,都会随着岁月的流逝而逐渐淡忘,而相识时的第一印象却是永志于心的。梦后酒醒，首先浮现在脑海中的依然是小蘋初见时的形象——“两重心字罗衣，琵琶弦上说相思。”她穿着薄罗衫子，上面绣有双重的“心”字。宋代妇女衣裙上每有“𝒱”形图案，类似小篆的“心”字（见宋画《女孝经图》），欧阳修《好女儿令》词也有“一身绣出，两同心字”之语。小晏词中的“两重心字”，还暗示着两人一见钟情，日后心心相印。小蘋也由于初见羞涩，爱慕之意欲诉无从，唯有借助琵琶美妙的乐声，传递胸中的情愫。弹者脉脉含情，听者知音沉醉，与白居易《琵琶行》“低眉信手续续弹，说尽心中无限事”同意。“琵琶”句，既写出小蘋乐技之高，也写出两人感情上的交流已大大深化，不仅是目挑眉语了。也许小晏的文名，使小蘋在见面之前已暗暗倾心了吧。

“当时明月在，曾照彩云归。”一切见诸形相的描述都是多余的了。不再写两人的相会、幽欢，不再写别后的思忆。词人只选择了这一特定镜头：在当时皎洁的明月映照下，小蘋，像一朵冉冉的彩云飘然归去。李白《宫中行乐词》：“只愁歌舞散，化作彩云飞。”又，白居易《简简吟》：“大都好物不坚牢，彩云易散琉璃脆。”彩云，因以指美丽而薄命的女子，其取义仍从《高唐赋》“旦为朝云”来，亦暗示小蘋歌妓的身份。结两句因明月兴感，与首句“梦后”相应。如今之明月，犹当时之明月，可是，如今的人事情怀，已大异于当时了。梦后酒醒，明月依然，彩云安在？在空寂之中仍旧是苦恋，执着到了一种“痴”的境地，这正是小晏词艺术的深度和广度上远胜于“花间”之处。

在结构上，本词也颇具特色。上半阕写“春恨”，梦后酒醒，落花微雨，皆春恨来时的情境；下半阕写“相思”，追忆“初见”及“当时”的情况，表现词人苦恋之情、孤寂之感。过片二句是全词枢纽，最为吃紧，虽与首二句对称，字数、平仄俱同，而作法各别：起处用对偶，辞语致密；过片却用散行，辞旨疏宕，另起新意。全词以虚笔作结，自有无穷感喟蕴蓄其中，情深意厚，耐人寻味。《白雨斋词话》评此词曰："既闲雅，又沉着，当时更无敌手。"其实何止当时，恐百世之后亦难乎为继了。

（陈永正）

蝶恋花

初撚霜纨生怅望。隔叶莺声，似学秦娥唱。午睡醒来慵一饷，双纹翠簟铺寒浪。　　雨罢蘋风吹碧涨。脉脉荷花，泪脸红相向。斜贴绿云新月上，弯环正是愁眉样。

这首小词写一位女郎午睡醒后的闲愁。取材固然未离于传统闺阁生活，但情景相生而又契合无间，设喻新巧而又隽永传神，具有独特的境界。

词之开首，一位幽怨缱绻的闺中女子便跃然纸上。她手执洁白的纨扇，无语凝思，怅然怀想。她在想什么呢？也许是在思念远方的情人，也许是在伤惋青春的易逝。李白的《折荷有赠》有"相思无因见，怅望凉风前"句，这里似暗用李诗意境。"撚"意为用手指轻轻搓转，表现执扇时怅然无绪的情态，极为传神。"初"、"生"二字，前后关联，暗示因节序变换，令闺中人顿生新的怅望之情。空闺独守，本已寂寞难耐，偏又有"隔叶莺声"，撩人意绪。把莺声比似学秦娥之唱。扬雄《方言》："娥，好也。秦晋之间，凡好而轻者谓之娥。"此言年轻貌美的女子，其歌声之美可知。以莺声之欢快，反衬人心之怅恨，命意与着笔确有含蓄蕴藉之妙。莺啼婉转，是实处着笔；闺中索寞，则是虚处命意，运实于虚，终无一字点破。"午睡醒来"二句，深一层写闺中女郎百无聊赖的孤寂情状。她午睡醒后，好一会儿还娇困无力，那铺在床上的双纹翠席，犹如平展着清凉的细浪。这两句点出睡醒，而由翠簟联想起寒浪，又引出了下片的出户看花。

过片以后，词境展拓，由上片闺房绣阁的狭小天地，转为户外优美的自然场景：夏雨初霁，徐徐的和风吹拂着新涨的碧水，那水中荷花，带着晶莹的雨珠，亭亭玉立，摇曳生姿。“碧涨”，是由上片的“寒浪”引出，“寒浪”是虚喻，“碧涨”是实写，前虚而后实，意脉不断，运意十分灵活。“脉脉”二句，更是传神入化之笔。作者赋予雨后荷花以人的风韵和感情，它含情脉脉，泪珠在脸，有情有思。白居易以“玉容寂寞泪阑干，梨花一枝春带雨”状杨玉环容貌，与此有着异曲同工之妙，但白诗以花喻人，何者为喻体，何者为被喻体，不难看出。这里的荷花已跳出物象，“红相向”三字，似写朵朵红荷，摇曳相映，实写荷花带雨，向人脉脉欲语；人带泪珠，对之黯然神伤。是花是人，迷离莫辨，已达到物与人交融，浑然合一的境地。结拍二句，时间由午后过渡到夜晚，写新月初上的景象。作者于依托明月遥寄相思的传统作法上，能自出新意，别开境界。“绿云”明指夜空浮云，暗喻女郎乌发。“新月”傍云而上，犹如女郎愁眉，蹙于乌发之下。新月弯弯的，不正是愁眉的模样吗？作者运用双关的委婉手法，既借月夜之景，抒写怀人之情；又避开对形象作直露的绘形钩貌，而是以新月状人之愁眉，通过景物的暗示性和象征性，使读者获得联想生发的广阔天地，使情与境谐，造成浓重的情绪气氛。

前人对小山词向有“词情婉丽”、“曲折深婉”的评价。这首《蝶恋花》的最大特色，在于情景交融，以景衬情。词的上片，全藉细节和衬景构成一幅和谐的闺中闲眠图，而闺中人独处空闺的闲愁，都被织入此画之中。词的下片，纯以花、月状人，句句辞兼比兴，处处意存双关。全词室内景物与户外景色相生，女郎容态与自然景致相映，读后倍觉生意跃于纸上，情思溢于纸外，不失为“曲折深婉”的佳作。

（顾伟列）

【原文】

蝶恋花

醉别西楼醒不记，春梦秋云，聚散真容易。斜月半窗还少睡，画屏闲展吴山翠。　　衣上酒痕诗里字，点点行行，总是凄凉意。红烛自怜无好计，夜寒空替人垂泪。

这是一首怀旧词。

首句忆昔，凌空而起。往日醉别西楼（泛指欢宴之所），醒后却浑然不记。这似乎是追忆往日某一幕具体的醉别，又像是泛指所有的前欢旧梦。似实似虚，笔意殊妙。晏幾道自作《小山词序》中说他自己的词，“所记悲欢合离之事，如幻如电，如昨梦前尘”。沈祖棻《宋词赏析》借此说这句词，“极言当日情事‘如幻如电，如昨梦前尘’，不可复得”，“抚今追昔，浑如一梦，所以一概付之‘不记’”，是善体言外之意的。不过，这并不妨碍词人在构思时头脑中有过具体的“醉别西楼”一幕的回忆。联系下两句来吟味，这种由具体情事引出一般人生感慨的痕迹便看得更加清楚。

“春梦秋云，聚散真容易”，袭用其父晏殊《木兰花》“长于春梦几多时，散似秋云无觅处”词意。两句用春梦、秋云作比喻，抒发聚散离合不常之感。春梦旖旎温馨而虚幻短暂，秋云高洁明净而缥缈易逝，用它们来象喻美好而不久长的情事，最为真切形象而动人遐想。“聚散”偏义于“散”，与上句“醉别”相应，再缀以“真容易”三字，好景轻易便散的感慨便显得非常强烈。这里的聚散之感，视“春梦秋云”之喻，似主要指爱情方面，但与此相关的生活情事，以致整个往昔繁华生活，也自然可以包举在内。

接下来两句，从离合之感拍到眼前的实境。斜月已低至半窗，夜已经深了。由于追忆前尘，感叹聚散，却仍然不能入睡。而床前的画屏却在烛光照映下悠闲平静地展示着吴山的青翠之色。这一句看似闲笔，其实正是传达心境的妙笔。在心情不静、辗转难寐的人看来，那画屏上的景色似乎显得特别平静悠闲，这“闲”字正从反面透露了他的郁闷伤感。这里有怨物无情的意思，却含而不露。

“衣上酒痕诗里字，点点行行，总是凄凉意。”过片承上“醉别”。“衣上酒痕”，是西楼欢宴时留下的印迹；“诗里字”，是筵席上题写的词章。它们原是欢游生活的表记，只是如今旧侣已风流云散，回视旧欢痕迹，翻引起无限凄凉意绪。前面讲到“醒不记”，这“衣上酒痕诗里字”却触发他对旧日欢乐生活的记忆。读到这里，可知词人的聚散离合之感和中宵辗转不寐之情即由此而生。作者把它放在过片这个关键位置上，既自然地解释了上片所抒感慨之因，又为下面的描写张本，而且使全篇的结构不显得平直，充分表现出构思的精妙。

结拍两句，化用杜牧《赠别》“蜡烛有心还惜别，替人垂泪到天明”诗意，直承“凄凉意”而加以渲染。人的凄凉，似乎感染了红烛。它虽然同情词人，却又自伤无计消除其凄凉，只好在寒寂的永夜里空自替人长洒同情之泪了。小杜诗里的“蜡烛”，是人与物一体的，实际上就是多情女子的化身；小晏词中的“蜡烛”，却只是拟人化的物，有感情、有灵性的物。从自然深挚方面看，小杜诗似更胜一筹；但从构思的曲折方面看，小晏词却自有其胜处。

（刘学锴）

【原文】

蝶恋花

梦入江南烟水路，行尽江南，不与离人遇。睡里消魂无说处，觉来惆怅消魂误。　　欲尽此情书尺素，浮雁沉鱼，终了无凭据。却倚缓弦歌别绪，断肠移破[①]秦筝柱。

〔注〕 ① 移破：犹云移尽或移遍也。张相《诗词曲语辞汇释》：破，犹尽也，遍也，煞也。

岑参《春梦》诗："洞房昨夜春风起，遥忆美人湘江水。枕上片时春梦中，行尽江南几千里。"晏幾道是否到过江南，是否有"心上人"在江南，难以稽考；这首词上片起三句："梦人江南烟水路，行尽江南，不与离人遇"，似用岑诗语意，未必是写实。它说梦游江南，梦中始终找不到离别的"心上人"。"行尽"二字，状梦境倏忽和求索之苦；求索之苦又反映思念之深，出于梦中的潜意识活动，深更可知。"烟水路"三字写出江南景物特征，使梦境显得优美。上下句"江南"叠用，加深感情力量。接着两句："睡里消魂无说处，觉来惆怅消魂误"，这两句写得最精彩，它表示梦中找不到"心上人"的"消魂"情绪无处可说，已经够难受；醒来寻思，加倍"惆怅"，更觉得这"消魂"的误人。"消魂"二字，也是前后重叠；但在重叠中又用反跌机势，递进一层，比"江南"一词的重叠，更为曲折，自然也就倍增绵邈。这种以反跌为递进的句法，词中也不多见。宋徽宗《燕山亭》："怎不思量？除梦里有时曾去。无据，和梦也新来不做"，辛弃疾《贺新郎》："不恨古人吾不见，恨古人不见吾狂耳"，比较典型。晏幾道词喜用这种句法，如《鹧鸪天》："从别后，忆相

逢,几回魂梦与君同?今宵剩把银釭照,犹恐相逢是梦中”,《阮郎归》:“梦魂纵有也成虚,那堪和梦无”,都是。

上片写梦中无法找到离人,下片改变念头,想到写信。起三句:“欲尽此情书尺素,浮雁沉鱼,终了无凭据”,说的是写了信要寄无从寄出,寄了也得不到回音。相思之情,真到了无可弥补、无可表达的地步了,那只好借音乐来排遣。结尾两句:“欲倚缓弦歌别绪,断肠移破秦筝柱”,用的乐器是秦筝。古筝弦、柱十三,每根弦有柱支撑,“柱”左右移动以调节音高,弦急则高,弦缓则低。他借低音缓弦抒发伤别的情怀,移遍筝柱不免是“断肠”之声。只用“缓弦”、“移柱”来表达其“幽怀难写”,行动的描写比言辞的表白更为鲜明有力。

这首词语言清疏明畅,但写情从做梦到寄信,到弹筝,节节递进,节节顿挫,又显得沉挚有力。冯煦《宋六十一家词选·例言》说作者和秦观,都是“古之伤心人”,所以写出来的词,是“淡语皆有味,浅语皆有致”。这首词真可说是“浅语有致”的。晏殊、晏幾道父子的词风,有相同处,也有不同处,周济《介存斋论词杂著》说“小晏精力尤胜”。所谓“精力”之胜,不是才力、笔力超过其父,而是他写词时更敢于纵情抒写,政治上、生活上又比其父有更多的“伤心”之事,所以写出来更有一股郁积、盘旋的力量。

(陈祥耀)

鹧鸪天

彩袖殷勤捧玉钟,当年拚却醉颜红。舞低杨柳楼心月,歌尽桃花扇影风。　　从别后,忆相逢,几回魂梦与君同?今宵剩把

【原文】

银釭照，犹恐相逢是梦中。

这首词是晏幾道与一个相熟的女子久别重逢之作。这个女子可能是晏幾道自撰《小山词序》中所提到的他的朋友沈廉叔、陈君龙家歌女莲、鸿、蘋、云诸人中的一个。晏幾道经常在这两位朋友家中饮酒听歌，与这个女子是很熟的而且有相当爱惜之情的，离别之后，时常思念，哪知道现在忽然不期而重遇，又惊又喜，所以作了这首词。上半阕写当年相聚时欢乐之况，下半阕写今日重逢时惊喜之情。

上半阕叙写当年欢聚之时，歌女殷勤劝酒，自己拼命痛饮，歌女在杨柳围绕的高楼中翩翩起舞，在摇动绘有桃花的团扇时缓缓而歌，直到月落风定，真是豪情欢畅，逸兴遄飞。词中用了许多漂亮的颜色字面，如"彩袖"、"玉钟"、"醉颜红"、"杨柳楼"、"桃花扇"等，写得非常绚烂。但是，所有这一切并不是作词时当前的情况，乃是追忆往事，似实而却虚，所以它不像一幅固定的图画，而像一幕电影，在眼前一现，又化为乌有。

下半阕叙写久别重逢的惊喜之情。"银釭"即是银灯；"剩"，只管。末二句虽是从杜甫《羌村》诗"夜阑更秉烛，相对如梦寐"两句脱化而出，但是表达得更为轻灵婉折，不像杜甫诗那样悲怆沉重。这是因为杜甫作此诗时是在战乱期间，而久别重逢的对象则是妻子儿女，晏幾道作此词是在承平之世，而久别重逢的对象则是相爱的歌女，情况不同，则情致各异，而词体与诗体也是有所区别的。词中说，在别离之后，回想欢聚时（即是上半阕所写情况），常是梦中相见，而今番真的相遇了，反倒疑是梦中。情思委婉缠绵，辞句清空如话，而其妙处更在于能用声音配合之美，造成一种迷离惝恍的梦境，有情文相生之妙。下半阕共计二十七个字，其中有十六个字是阳声（凡字尾带 m、n、ng 等鼻音者为阳声），即是"从"、"相"、"逢"、"魂"、"梦"、

"君"、"同"、"今"、"剩"、"银"、"钉"、"恐"、"相"、"逢"、"梦"、"中"等,而在这十六个阳声字中,收尾是 ong 韵母者有八个字,即是"从"、"逢"、"梦"、"同"、"恐"、"逢"、"梦"、"中"。这八个 ong 韵母的字,分散在这几句中,反复出现,使我们读起来,仿佛是听一个谐美的乐曲,其中经常有嗡嗡的声音,引入一种似梦非梦的境界,恰好与词中所要表达的情思相配合,而增强其感染力。

总之,晏幾道这首词的艺术手法,上半阕是利用彩色字面,描摹当年欢聚情况,似实而却虚,宛如银幕上的电影,当前一现,倏归乌有;下半阕抒写久别相思不期而遇的惊喜之情,似梦而却真,利用声韵的配合,宛如一首乐曲,使听者也仿佛进入梦境。全词不过五十几个字,而能造成两种境界,互相补充配合,或实或虚,既有彩色的绚烂,又有声音的谐美,这就是晏幾道词艺高妙之处。

文学与艺术意境是可以相通的。苏轼说王维"诗中有画","画中有诗"。这是说,诗与画的意境可以相通,读诗时仿佛是欣赏一幅画,而观画时又好像是吟诵一首诗。由此意推而广之,我们在读古人诗词时,不但常是如同观画,而且有时仿佛是看到一幕电影,或是聆听一曲乐歌,晏幾道这首《鹧鸪天》词即是如此。

晏幾道是晏殊之幼子。晏殊久居相位,其门生故吏,多据要津,晏幾道如果想仕宦腾达,是很有机会的。但是晏幾道为人耿介恬淡,厌恶仕途混浊,"仕宦连蹇,而不能一傍贵人之门"(黄庭坚《小山词序》)。他只作过监颍昌许田镇的小官,旋即退居京都私第。晏幾道既不肯与达官贵人往还,而出身于贵公子,又不能到社会下层中去,于是他觉得,在相知友好家中所遇到的几个歌女,如"莲、鸿、蘋、云"等,倒还天真淳朴,不似官场中人之混浊鄙俗,所以愿意和她们相处,而寄予爱赏与同情。其《小山词》中所抒写的多是这一类的情事,这首《鹧鸪天》词也是一个例证。近来论词者有人认为，晏幾道的为人很像《红楼梦》小说中的人物贾宝玉，这个意见是相当有道理的。

（缪　钺）

鹧鸪天

一醉醒来春又残，野棠梨雨泪阑干。玉笙声里鸾空怨，罗幕香中燕未还。　　终易散，且长闲。莫教离恨损朱颜。谁堪共展鸳鸯锦，同过西楼此夜寒！

好春易逝，离恨常萦，词人心中有着无穷的幽怨。要知道，料峭的春寒之夜，是最难熬过的，他多害怕孤独，害怕这无法摆脱的孤独！

一起二句，已是摄神之笔：昨夜里一番沉醉，今朝酒醒，又是春残时候。啊，野棠梨上的宿雨，跟我的悲泪一样纵横。“一醉”，写昨夜借酒以遣寂寞之怀；“春又残”，本与醉醒之事全无干涉，词中把它们捏在一起，则有两重意思：酒醒之后，雨飘花落的情景，触眼生悲，词人蓦地感到，春天真的过去了；另一重意思是：往日的欢娱，如昨梦前尘，一切美好的情事全都消失了。如小晏词集自序云：“感光阴之易迁，叹境缘之无实。”真不胜世事沧桑之感，令读者也为之掩卷怃然。春残，以“野棠梨雨”表之，而带雨的棠梨又暗喻流泪的人。次句虽从白居易《长恨歌》“玉容寂寞泪阑干，梨花一枝春带雨”化出，然情景交融，自能摇人心魄。三、四句写与情人别后的情景：在悠扬的玉笙声里，孤鸾空自哀怨；罗幕中余香馥郁，去燕犹未归来。“鸾”，谓孤鸾，失偶的鸾鸟，这里当为词人自喻。又古乐曲有《孤鸾》之曲，其声哀怨，故“鸾空怨”三字，语意相关。“罗幕”，指房中的帷幕。燕子穿过高楼的重重帘幕，回到旧日巢中，本是古诗词中常见的情景，而此词谓“燕未还”，则指离别了的情人还未回来。两句写尽独处时的凄凉况味：在帘下百无聊赖地吹笙，想念着远别的情人，心中充满了哀怨。

过片三句，强作自我解慰之语：我也知道，欢聚总是易散的，不如暂且在悠闲中度日吧。不要让离愁别恨损害了青春美好的容颜。在行文中故作退让，用表面豁达的语言来表现怨极而无可奈何的心境。可是，尽管一再说“终易散，且长闲”，小晏，这古之伤心人，是不可能真正这样觉悟的，他还是要让那千万缕割不断的情丝去牵系着自己——“谁堪共展鸳鸯锦，同过西楼此夜寒！”这真是一部《小山词》中的彻骨情语。“鸳鸯锦”，指绣有鸳鸯图案的锦被，象征着男女的和合。“西楼”，是词人青年时欢会之地，小晏词中屡见。如《满庭芳》“西楼题叶，故园欢事重重”，《蝶恋花》“醉别西楼醒不记”，《少年游》“西楼别后，风高露冷”，其址当在汴京城中。末两句写无望的相思。春寒料峭，长夜漫漫，西楼帐卧，谁共晨夕？当时“共展鸳鸯锦”的美好时光，已不再会有了，所余下的只是永久的孤独和哀伤。唯有痛饮至醉，以度过这难明的寒夜吧。

本词在结构上亦颇具特色。以长调章法入于小词。扣首则尾应，扣尾则首应，扣其中则首尾俱应。“一醉醒来”，已伏下“西楼此夜寒”一笔；“鸾空怨”、“燕未还”，已伏下“谁堪共展鸳鸯锦”一笔。这一切，都使词人悲不自胜，老泪纵横，唯有强自宽解，以免损毁朱颜——也许在词人的内心深处，还盼望着有重聚的一天吧。

（陈永正）

【原文】

鹧鸪天

守得莲开结伴游，约开萍叶上兰舟。来时浦口云随棹，采罢江边月满楼。　　花不语，水空流，年年拚得为花愁。明朝万一西风动，争奈朱颜不耐秋。

写青年妇女采莲的诗歌，自南朝乐府以来，就有许多动人的篇章。《子夜夏歌》："乘月采芙蓉，夜夜得莲子。"用"莲"字谐"怜"字音，暗指对心中人的爱怜，借采莲事表达爱情；李白《渌水曲》："荷花娇欲语，愁杀荡舟人。"写采莲人见了荷花的美丽而自伤；王昌龄《采莲曲》："乱入池中看不见，闻歌始觉有人来。"写采莲人和莲花一样美，在池塘中两者相混，分辨不出，形象都很优美。在词中，李珣的《南乡子》，也能写出采莲人"棹歌惊起睡鸳鸯"，"带香偎伴笑"，"竞折圆荷遮晚照"的天真情态。

这首词也是写采莲的，别具风貌。它不着重写莲花或采莲人的外表美，而着重写采莲的环境美和采莲人的心灵美。上片："守得莲开结伴游，约开萍叶上兰舟。"一群女子为了采莲，她们长时期地等候莲花盛开，莲花开了，她们便结伴去采。湖塘里长满浮萍，她们要上船，得先轻轻地把它拨开。写出了莲开前的耐心等待，采莲前的细致动作。"来时浦口云随棹，采罢江边月满楼。"写采莲过程，采莲环境。夏天白昼云雾少，采莲又不会等到傍晚才开始；句中的"云"，应该不是指午云、晚云而是指晓云。它写的是采莲人到了浦口，晓日初升，尚未消散的云气笼罩在她们船棹周围；她们采莲休工回到江边，夜月已上，人家的楼台上已照满月光。这本来是写从早到晚地采莲，写劳动的辛苦的，但作者却把景色写得很幽美。对于环境的这样渲染，是为了把采莲的劳动和采莲人烘托得更为动人一些。

下片，写采莲人的心理活动，这是她们最美的方面。她们的心灵是那样的单纯、多情，她们爱惜莲花，为莲花的遭遇担忧。当然，她们在采莲中，也从莲花身上看到自己的影子。好花本来就是少女美丽容颜的象征；好花易谢当然也象征着少女的青春易逝、好景不长。她们爱惜莲花、关切莲花，和爱惜自己的青春、关切自己的命运有密切的联系，自然而然地就会对于前者注入更大的深情。“花不语，水空流”，好花无语，流水无情，深情无法倾诉，好景不断流逝，人无可如何，花也无可如何，那就只有“年年拚得为花愁”了。美好的事物无法保护，只能给心灵蒙上了阴影，带来了悲伤。那么，最急迫的“愁”是什么呢？“明朝万一西风动，争奈朱颜不耐秋。”怕万一西风骤然吹来，艳丽的莲花抵挡不住，马上就陷于飘零、憔悴。“朱颜”，指花，在拟人写法中进一步表现人心和花贴紧的感情了。这一片，着笔无多，却能细腻地写出采莲人的心灵美好而承受的却是悲伤。词在艺术上兼有民歌的清新明净和文人词的隽雅含蓄，都有其动人之处。

（陈祥耀）

鹧鸪天

斗鸭池南夜不归，酒阑纨扇有新诗。云随碧玉歌声转，雪绕红琼舞袖回。　　今感旧，欲沾衣。可怜人似水东西。回头满眼凄凉事，秋月春风岂得知！

这是一首感旧之词。上片写当年在斗鸭池边征歌逐舞、饮酒赋诗的盛

【鉴赏】

况，下片写分离后的凄凉冷落。对比鲜明，感慨系之，已是中年以后的情怀了。

斗鸭，古人好作此戏。在池畔筑栏，使鸭相斗，以为笑乐。首两句写卜昼卜夜的游赏欢宴。酒阑之后，兴犹未尽，还在歌女的纨扇上题遍绮丽的新诗，可以想见词人的才情意气。两句用淡墨浅染，略点时地和宴乐的兴致，然后用浓墨重彩勾勒：看哪！天上的云，也像随着碧玉的歌声而飘转；红琼的舞袖回旋，仿佛裹着一身飞雪。“碧玉”、“红琼”，是歌儿舞女的代称。在本词中当指同一人，也许就是小晏最眷恋的小莲。《小山词》中尚有一首《鹧鸪天》，特为小莲而作，亦有“云随绿水歌声转，雪绕红绡舞袖垂”之句，语意与本词相仿。小晏咏歌舞之词，人多赏其“舞低杨柳楼心月，歌尽桃花扇底风”二语，而较少注意到“云随”、“雪绕”的妙处。古人形容歌声高亢，每谓“响遏行云”，几成滥调，小晏易“遏”为“随”为“转”，赋予歌声更大的感染力，真有点铁成金手段。写舞态婆娑，如流风回雪，亦极生动形象。活色生香，酣歌畅舞，可知小晏此时之乐，这也是纨扇题诗的内容吧。近世论者，尝举此联与大晏的“重头歌韵响铮琮，入破舞腰红乱旋”相比，认为两联意同而小晏造语尤胜，宜王国维谓其“矜贵有余”也。

过片三句，点明“感旧”的主题。追怀往事，不禁泪下沾衣。最令人痛苦的是，两人像各向东西分流的水那样，再也不能会合在一起了。古乐府《白头吟》：“蹀躞御沟上，沟水东西流。”这已不是一般的离愁别恨，可能此时已“君龙疾废卧家，廉叔下世，昔之狂篇醉句遂与两家歌儿酒使俱流转于人间”（《小山词自序》），小莲也不知去向了。词人发出了深沉的叹息：“回头满眼凄凉事，秋月春风岂得知！”一切都已经过去了，追忆也是徒然的。依旧是那么皎洁的秋月，依旧是那么温煦的春风，但，她早已不在眼前了，连同她清越的歌声，连同她妙曼的舞态，所留给自己的只是满眼凄凉的迟暮之感！“秋月春风”四字，包含了无限的哀思，可与李后主《虞美人》词“春花秋月何时了？往事知多少”同读。“岂得知”三字，反诘作收，是孤寂的词人绝望之语。

（陈永正）

鹧鸪天

醉拍春衫惜旧香。天将离恨恼疏狂。年年陌上生秋草，日日楼中到夕阳。　　云渺渺，水茫茫。征人归路许多长。相思本是无凭语，莫向花笺费泪行！

此词抒写男女离情，但所咏非与妻室的离别，而是与歌酒场中相悦女性的离别之情。作者在其自作的《小山词》的序中说：“始时，沈十二廉叔、陈十君龙家有莲、鸿、蘋、云，品清讴娱客，每得一解，即以草授诸儿，吾三人持酒听之，为一笑乐。”由于他和沈、陈是好朋友，常和他们及其家的歌女莲、鸿、蘋、云聚会宴乐，于是他和沈、陈及莲、鸿等的离合悲欢，常成为他词中歌咏的内容，如其“自序”所说的：他的“狂篇醉句”，“遂与两家歌儿酒使俱流转于人间”。男女歌酒宴乐，在宋代词人生活中是习以为常之事，而在晏幾道则别有一番作用，即是如后来姜白石所说的：“仗酒祓清愁，花消英气。”（《翠楼吟》）他的父亲晏殊为一代显宦，富弼、范仲淹、欧阳修、王安石等皆出门下，而他晚途仕宦连蹇时，却“不能一傍贵人之门”，“遂陆沉于下位”（俱见黄庭坚《小山词序》）。因此，他常纵情歌酒，以排遣其生平抑郁不平之怀，而形之于词，使其词具有顿挫磊落之致，而读者亦可以略见其身世

【鉴赏】

之感及鲜明个性。

本词的起二句以激情的活动形容离恨之被勾起,及其无法排遣之状。"旧香"是往日与伊人欢乐的遗泽,乃勾起"离恨"之根源,其中凝聚着无限往昔的欢乐情事,自觉堪惜,"惜"字饱含着对旧情的深切留念。而"醉拍春衫"则是产生"惜旧香"情思的活动,因为"旧香"是存留在"春衫"上的。句首用一"醉"字,可使人想见其纵恣情态,"醉",更容易触动心怀郁积的情思。次句乃因"惜旧香"而激起的无可奈何之情。"疏狂"二字是作者个性及生活情态的自我品题。"疏"为阔略世事之意,即黄庭坚《小山词序》所说的"磊落权奇,疏于顾忌","不能一傍贵人之门"等个性的表现。"狂"为作者生活情态的概括。他的《阮郎归》曾说"殷勤理旧狂",可见"狂"在他并非偶然,而是生活中常有的表现。"莫问逢春能几回,能歌能笑是多才"(《浣溪沙》),"彩袖殷勤捧玉钟,当年拚却醉颜红。舞低杨柳楼心月,歌尽桃花扇底风"(《鹧鸪天》),俱是其生活狂态的具体写照。这句意谓以自己这个性情疏狂的人却被离恨所烦恼而无法排遣,而在句首着一"天"字,使人觉得他的无可奈何之情是无由开解的。人情总是在处于绝境时把根源归之于天,早在《诗经》中就有"天实为之,谓之何哉!"(《邶风·北门》)同是一种极端矛盾心情的表露。

三、四两句紧接着从时空两方面形容其长久遭受离恨折磨的情状。"秋草"为一年衰晚之象,"夕阳"为一日垂暮之景。陌上秋草,年年自生,楼上夕阳,日日照到,二句纯属客观景象,而与上句紧相承接,则为表现离恨之无限深重而设,综合二句,即觉其中俨然有个倚楼怅望陌上之人,其人年年日日都在迷惘中度过,使读者感到人物景象,一片浑茫。这种运用赋的手法,因情敷景,布景织情,是小晏的一种常用抒情手法,如其《临江仙》,于"去年春恨却来时"之后,紧承以"落花人独立,微雨燕双飞",即是脍炙人口的名句。

【鉴赏】

下阕从可以解除离恨的方面着想。欲解离恨莫如命驾归去，或书问慰藉，然归途遥远，书讯难凭，则离恨终将无可消释。“云渺渺，水茫茫”二句，看来纯属景语，承以“征人”句，道出主人公于楼上怅望时的感觉，即景生情，以景喻情，使自然界辽阔的云水，俱织入主人公的情思之中。小晏曾在其“自序”中谓“感物之情，古今不易”，然写来固自多方。我们读这首词，可与李白的《菩萨蛮》对照玩索，二词所写同为羁旅思归之情，其情俱生于楼上怅望，只是时间长短及系情的景物彼此殊异，而写来异曲同工，不过李词表情细微深婉，而晏词则豪迈俊爽耳。

末二句的表情乃由上写各种情节逼出，意谓离恨之深重，直是无从表达。在云水渺茫远隔的异乡，年年日日的相思之情何可胜道，而这一切只有自己独自体味感受到，故云“无凭语”，即是拿什么说呢？怎么说呢？由此乃发出最后一句。“莫向花笺费泪行”虽是决绝之辞，却是情至之语，从中带出已往情事，当是曾向花笺多费泪行，如《西厢记》所说，把书信“修时和泪修，多管阁着笔尖儿未写早泪先流”。“泪行”，双关文字与泪水之成行。既然离恨这般深重，非言辞所能申写，如果再“向花笺费泪行”，那便是虚枉了。小晏也曾在一首《采桑子》中写道：“长情短恨难凭寄，枉费红笺。”情意正同。总之，此二句意谓此际相思之情，绝非言语所能表达得出来的。

小晏把他自己的词编集，名曰“补亡”，“以谓篇中之意，昔人所不遗，第于今无传耳。”基于这种创作思想，所以他在词中往往能道出眼前之事，为人人心中之所欲言，使读者感到非常惬意，说来非常新鲜，却不纤巧，倒觉得很老实，而情意又极深重。况蕙风《蕙风词话》所主张的“重、拙、大”的标准，在《小山词》里颇多合者，从这首词里也可看到这一艺术特点。

（胡国瑞）

【原文】

鹧鸪天

小令尊前见玉箫，银灯一曲太妖娆。歌中醉倒谁能恨？唱罢归来酒未消。　春悄悄，夜迢迢。碧云天共楚宫遥。梦魂惯得无拘检，又踏杨花过谢桥。

疏狂落拓的词人，参加一次春夜的宴会，遇到一位美艳的女郎。在璀璨的银灯下，歌酒共欢，不知不觉沉醉了。可是，好事难成，聚散匆匆，夜阑归后，梦魂又悄悄地回到她的身旁。……

小晏此词，近世论者，多以为是怀人之作，谓上片写昔时相见，下片写今日相思。但细细体味词意，全首写的都是初见当夜的情事，上下两片在时间上紧紧衔接，并没有所谓久别怀人之意。

“小令”二句，写两人初逢的情境。“尊前”，点酒筵；“银灯”，点夜晚；“玉箫”，指在筵席上侑酒的歌女。唐范摅《云溪友议》载，韦皋与姜辅家侍婢玉箫有情，韦归，一别七年，玉箫遂绝食死，后再世，为韦侍妾。词中以玉箫指称，当意味着两人在筵前目成心许。在华灯下清歌一曲，醉颊微酡，她实在是太美了！“妖娆”前着一“太”字，表露了词人倾慕之情，由此而生发出下边几层意思来。

“歌中”二句，从“一曲”生出。在她优美的歌声中痛饮至醉，谁又能感到遗恨啊！在她唱完之后，余音在耳，筵散归来，酒意依然未消。“歌中醉倒”四字甚妙，起到统摄全篇的作用。表面看来，是说一边听歌，一边举杯酣饮，不觉便酩酊大醉了，实际上是暗示自己被美妙的歌声陶醉，被美艳的歌者迷醉。美酒，清歌，丽人，舌尝而知味，耳得而闻声，目遇而成色，三者皆集于此地此时，怎不令人为之醉倒！一“醉”字，点明命意，情韵悠长，对下片写的春夜梦寻也起到提引的作用。醉倒，是心甘情愿的。“谁能恨”即无人能恨，三字与柳永《凤栖梧》词“衣带渐宽终不悔”的“终不悔”，有异曲同工之妙。词人醉得实在是太深太沉了，以致宴会归来，仍酒意未消。其实，“未消”的不仅是酒意，而是见玉箫而产生的绵绵情意。两句实中有虚，落笔沉着而用意深婉。

过片后，紧接写“归来”的情事。小晏尚有《鹧鸪天》词云：“归来独卧逍遥夜，梦里相逢酩酊天”，可作本词下片的概括。春意，悄悄地潜进了心中；春夜，又是那么漫长。唉，我热切想望的女郎，跟那碧云无尽的夜空同样地遥远。“悄悄”二字，写春夜的寂静，也暗示词人独处时的心境。久不成寐，更觉春夜迢迢。与上片短暂的欢娱恰成强烈对照。“碧云”句，以天设喻，慨叹由于人为的间阻，使两人不能互通心愫，侯门如海，要想重见就更是困难了。一“遥”字，与《诗·郑风·东门之墠》“其室则迩，其人甚远”的“远”字用意略同，并不是说两人在道里上相隔很远。若把这理解为远别之辞，则未能领会作者的深意了。“楚宫”，楚王之宫。指代玉箫的居处，亦暗示她“巫山神女”的身份。三句写宴罢归来的刻骨相思，音节特婉妙，能摇我情。

“梦魂”二语，是全词中最精彩之笔。人生经常处在桎梏之中，人们总不能按自己的意愿去行动，思想却是自由的，词人尽可以去恋慕相思，而比思想更自由的是人的“梦魂”，它无拘无束，任意游行，去“实现”现实生活中不可能实现的一切，去追寻现实生活中不可能得到的欢乐。今夜里，词人的梦魂，在迷蒙的夜色中，又踏着满地杨花，悄悄地走过谢桥，去重会意中人了。“惯”，即惯常之意。“谢桥”，谢娘家的桥。唐代有名妓谢秋娘。词中以谢桥指女子所居之地。张泌《寄人》诗：“别梦依依到谢家，小廊回合曲阑斜。多情只有春庭月，犹为离人照落花。”晏词暗用诗意。两句宕开一笔，跌深一层。相思无望，唯是有寤寐求之。以缥缈迷离的梦境反衬歌酒相欢的现实，以梦魂的无拘无束反衬生活中的迢遥间阻，对照之下，更觉深婉有味。末句“又”字，用意尤深，赴宴时踏杨花过谢桥的是现实生活中的人，再来却是虚幻飘忽的梦魂了。一结能生能新，情韵佳绝。据邵博《邵氏闻见后录》载，与小晏同时的学者程颐，听到人诵“梦魂”两句时，笑着说：“鬼语也！”意甚赏之。连这位方正的道学家都受到小晏词的诱惑，可见真正的文艺作品是有其不可抗拒的魅力的。所谓“鬼语”，是因句中幽缈的意境而言，说只有鬼才能写得出来。

（陈永正）

鹧鸪天

十里楼台倚翠微，百花深处杜鹃啼。殷勤自与行人语，不似流莺取次飞。　　惊梦觉，弄晴时。声声只道不如归。天涯岂是无归意，争奈归期未可期。

这首词写的是客中闻杜鹃有感。杜鹃，又名子规、杜宇，叫声像“不如归去”，历代诗词作家，由其叫声引起的吟咏颇多。

词的上片“十里楼台倚翠微，百花深处杜鹃啼”，写鹃啼的环境和季节。翠微，青翠的山色，如何逊《仰赠从兄兴宁寘南》：“高山郁翠微”；也用以指代青山，如杜牧《九日齐山登高》：“与客携壶上翠微。”此处指青山，说在靠着青山的十里楼台的旁边，在春天百花盛开的深处，听见了杜鹃啼叫。“殷勤自与行人语，不似流莺取次飞。”说杜鹃在花间不断地叫着，好像对“行人"很有情感,不惜"殷勤"相告,比诸黄莺的随意飞动,对人漠不关心,大不相同。取次,犹随意,黄庭坚《次韵裴仲谋同年》:"烟沙篁竹江南岸,输与鸬鹚取次眠。"也是用这个词来写鸟。"行人"走在春色绚烂的优美环境中,心情本来是会愉悦的,但因为离家作客,所以听了杜鹃叫声,不免会引起思家之念,作客之愁。那么,词中所写的美丽景色,又正好为杜鹃叫声的感人作了反衬。

下片,写"行人"闻鹃啼的心理变化。"惊梦觉,弄晴时,声声只道不如归。"在晴明的春日,杜鹃偏又卖弄它的叫声,"行人"从梦中惊醒,听到的还是声声的"不如归去"。前面路上初闻鹃啼,感到"殷勤";听得太多,睡在床上也被叫得不安,叫的又是一句人所做不到的话,那"行人"心中自然也就变得有点烦躁了。"天涯岂是无归意,争奈归期未可期。"不是自己不想回家,只是自己不能决定回去的日期,生活不能由自己主宰,有什么办法呢?这是在烦躁中的思念,说是自言自语行,说是对杜鹃的回答也行。这里表面上有埋怨鹃鸟无知、强聒难耐的意思,但归根到底,是对真正"作弄"人的生活遭遇的愤慨。这片词,话说得比较直致,但内容还有曲折。

同样听到一种鹃声,不同的诗人、词家,可以从各自的处境、各样的角度写出不同的感受。杜荀鹤的"啼得血流无用处,不如缄口过残春",是愤慨文章无用之言;韦应物的"邻家孀妇抱儿泣,我独展转为何情",是同情丈夫死在外地的寡妇之言;朱敦儒的"月解重圆星解聚,如何不见人归?今春还听杜鹃啼",是痛心国土沦陷,南北亲人不能团聚之言;范仲淹的"春光无限好,犹道不如归",是豁达之言;杨万里的"自出锦江归未得,至今犹劝别人归",是诙谐之言。晏幾道这首词,则是对浪迹在外、有家难归的生活的叹息之言,写得真切,有一定的感染力;结尾两句,用反跌之笔表曲折之情,意境尤深。

(陈祥耀)

【原文】

生查子

金鞭美少年，去跃青骢马。牵系玉楼人，绣被春寒夜。　　消息未归来，寒食梨花谢。无处说相思，背面秋千下。

这是一首思妇词。词中女主人公所思念的对象，是她的丈夫。开头即写出男子形象："金鞭美少年，去跃青骢马。"至于去作何事，并未言明。这类人物形象，盖本于乐府诗。《乐府诗集》同类主题作品中有两种写法。一种如何逊《长安少年行》："长安美少年，羽骑暮连翩。玉羁玛瑙勒，金络珊瑚鞭。阵云横塞起，赤日下城圆。追兵待都护，烽火望祁连。……"这是去从军。另一种如李白《少年行》："五陵年少金市东，银鞍白马度春风。落花踏尽游何处，笑入胡姬酒肆中。"这是去冶游。这两种行为都可以统一在豪俊少年的身上。小晏词中意指何者，无迹象可寻，未便指实。反正他是骑着骏马出门去了，家里留下了一位年少多情的妻子，时刻把他的消息牵挂心头。

全词一共写了四幅画面。一、二两句是第一幅画面，先写"金鞭美少年"的形象，这是女主人公思念的对象。他那扬鞭跃马、威武俊美的英姿，大概就是他临走时所留给女主人公的最后印象。可是，人走了之后呢？紧接着，三、四两句便展示了第二幅画面，镜头开始转到女主人公身上来了。像是有着无形的纽带，她的感情，她的思绪，始终牵系在远出的丈夫身上；到了夜晚，绣被春寒，孤灯独眠，那是多么难耐的寂寞啊！"绣被春寒夜"，是通过环境的渲染，来突出人物的孤寂。五、六两句又换了一个镜头，展示了第三幅画面。天天盼，月月盼，寒食节过去了，梨花开了又谢了，一次次地等待，始终没有等到丈夫的音信，随之而来的，只是一次次失望！“寒食梨花谢”，是通过节令和景物来暗示出时间的流逝，表现她无限的怅惘。七、八两句，是最后一幅画面，也是最精彩的一个镜头：秋千架下，女主人公背面痴痴地站着，她在默默地承受着相思之苦，无处诉说，也不想对人诉说。——也许，那秋千架是丈夫在家时和她常来的地方吧？也许，她是想来排遣忧闷，但是睹物思人、触物生情，倍感忧伤和凄凉吧？总之，她就那样地站在秋千架下，给人留下了不尽的联想。南宋曾季狸《艇斋诗话》指出：“晏叔原（幾道字）小词：‘无处说相思，背面秋千下。’吕东莱（本中）极喜诵此词，以为有思致。此语本李义山（商隐）诗，云：‘十五泣春风，背面秋千下。’”李商隐的诗写的是少女伤春，晏幾道此词则是写思妇怀人，同样的画面，但内涵是不同的。吕本中称它有思致，是很有见地的批评。

这首词写的是女主人公的相思之情，但通篇没有一句直接写她的音容外貌或心理活动，完全通过环境、景物等画面来烘托人物的感情，而让读者自己去联想、去体会。这是它在艺术表现上的主要特色。女主人公的性格是含蓄内向的，整首词的风格也是含蓄蕴藉的，读来极耐人寻味。

（刘德重）

生查子

长恨涉江遥，移近溪头住。闲荡木兰舟，误入双鸳浦。　　无端轻薄云，暗作帘纤雨。翠袖不胜寒，欲向荷花语。

【鉴赏】

这是一首含蓄婉转的小词。在写作手法上独特新颖,意味深蕴。表面上是写一位姑娘在泛舟遇雨时的情景,其实是暗喻抒情主人公爱情生活的不幸和痛苦。在五代、北宋的词中,我们常会听到采莲姑娘热切浪漫的歌声,而很少能听到被遗弃的女子这样掩抑含情的低诉。即使在《小山词》中,也找不到别的相似的例子了。

"长恨涉江遥,移近溪头住",两句落想已妙。"涉江",当本《古诗十九首》"涉江采芙蓉,兰泽多芳草。采之欲遗谁?所思在远道"之意。这位女郎感到离江边路太远了,遂移家近溪头,以便涉江采芙蓉(荷花),而且溪水流入江中,也将会流到所思之处吧!慰情聊胜于无,两句已是"痴绝"之语。三、四句又作曲折:她摇荡着木兰船去采芙蓉,啊,不知不觉误入了双鸳浦。"木兰舟",以香木制成的船只,泛指佳美的小船。她在荡舟,缘溪而去,可是却来到触动她孤独的情怀之地"双鸳浦",鸳鸯成双作对的水边。这里妙在一"误"字。古来因地名不吉利而触忌讳者多矣,但如"双鸳"这样美好的字眼也引起她的不快,却是少见,所谓"伤心人别有怀抱"者是。句意虽与《临江仙》"落花人独立,微雨燕双飞"相似,然着一"误"字,则怨恨之意,溢于言表了。

过片二句,再作转折:最没道理的是,那些轻薄的浮云,居然暗暗地化作霏微细雨飘洒下来。两句写泛舟时遇雨,语意双关,表达了女子被弃时复杂的感情。"无端",有料想不到之意。那像浮云般轻薄的男子,竟然毫无理由地玩弄女子的感情,被侮辱被损害的女子却只能暗暗地忍受着无穷的痛苦。那几乎是绝望的哀伤、绵绵的遗恨,在紧揪着人们的心。"云"、"雨"之喻,屡见前人诗词中,多写男女间的欢合,而在本词中,却显得如此凄冷悲凉。这里,有谴责,有痛悔,有自伤,十字中有着几层含意,深刻地写出被弃女子的心理。末两句承"帘纤雨"写来:她那单薄的衣裳怎抵挡寒风冷雨？只好向荷花诉说自己的幽恨。“翠袖”句本杜甫《佳人》诗：“天寒翠袖薄，日暮倚修竹。”杜诗写一位绝代佳人，幽居深谷，与草木相依。而“轻薄”的夫婿却另有新欢，把她遗弃，佳人贞洁自持，甘过清贫的生活。本词写女子“不胜”风雨之寒，既点出她的软弱无依的可悲处境，也暗示她的清操独守。然而心灵上的创伤是无法消除的，无人倾诉，只能悄悄地共荷花相语。“荷花”，与首句“涉江”遥相呼应。二语宛曲回环，使这爱情悲剧更是摇人心魄了。

（陈永正）

南乡子

新月又如眉。长笛谁教月下吹？楼倚暮云初见雁，南飞。漫道行人雁后归。　　意欲梦佳期。梦里关山路不知。却待短书来破恨，应迟。还是凉生玉枕时。

怀人小词，写得曲折往复，宛如一篇长调的缩写。意极精，味极永，风流蕴藉，既丽且庄，艳词中自有气格者。王涯《秋思赠远二首》之一云：“不见乡书传雁足，惟看新月吐蛾眉”，可作本词提纲看。

首两句，写倚楼时所见所感：黄昏后，又见如眉般的一弯新月。为谁人更持长笛，在月下吹彻哀音？首句写景，云新月如眉，也就是说眉如新月，隐有抒情女主人公的形象在。黄昏新月，常会勾动人的离思。词中更着一“又”字，可知倚楼怀人已非一朝一夕了。“谁教”，犹言谁令、谁使，故作设问。无人欣赏，自己在月下吹笛也是徒然的。紧接“楼倚”三句，点出主题：

【鉴赏】

独倚高楼，在暮云中第一回看到归雁——它不住地向南飞去——可不要说远行的人要比雁还迟归啊！三句暗用隋薛道衡《人日思归》诗："人归落雁后，思发在花前。"着一"初"字，语意比上文"又"字跌深一层。时节转换，秋雁南飞，更增对行人的思念。唐赵嘏《长安秋望》诗："残星几点雁横塞，长笛一声人倚楼。"此词上片，意境与之仿佛。

换头二语，写相思无望，唯有梦里相寻。小晏词中，常有这样的描述："梦魂惯得无拘检，又踏杨花过谢桥"（《鹧鸪天》）、"梦入江南烟水路，行尽江南，不与离人遇"（《蝶恋花》），同是写梦寻，但又用意各别。本词云"路不知"，即是说连寻找也不可能了，语更深切。《文选》沈约《别范安成诗》："梦中不识路，何以慰相思？"李善注："《韩非子》曰：'六国时，张敏与高惠二人为友，每相思不能得见，敏便于梦中往寻，但行至半道，即迷不知路，遂回，如此者三。'"小晏此词，运用前人故事，而又不觉其蹈袭摹拟。入梦的描写与上下文融合无间，成为全词中有机的组成部分，以逼出末三句：再想等他的短信寄来，稍解离恨——恐怕已太迟了——又到了枕畔凉生的清秋时节！梦里难寻，唯有等音书寄来，可是书信又迟迟不至，闺中人的离恨就更无法排遣了。词中不言"长信"而曰"短书"，真所谓慰情聊胜于无，个中已有难言之处。连这草草两三行的短信也没有，则游子的薄情可知。古人惯用雁足传书故事，"待短书"与上片"初见雁"呼应。末句表面上是说秋天到来，因而感到玉枕太凉了，其实是"衾凤冷，枕鸳孤"（《阮郎归》）、"只消鸳枕夜来闲"（《西江月》）的另一种说法。

本词在结构上回环曲折，层层深入。由月下吹笛而见南飞雁，由雁而思及行人。思极而成梦，梦不识路而待来书，书终不至，孤枕凉生，怅惘之情便溢于言表了。

（陈永正）

清平乐

留人不住，醉解兰舟去。一棹碧涛春水路，过尽晓莺啼处。　　渡头杨柳青青，枝枝叶叶离情。此后锦书休寄，画楼云雨无凭。

通观全词，当是托为妓女送别情人之作。离别在一个渡口，时间是春天的一个早晨。

前六句主写景，但无往非情。“留人不住”四字，扼要地写出送者、行者双方不同的情态：一个曾诚意挽留，一个却去意已定。妓、客身份，见于言外。“留”而“不住”，已启末二句之怨思。从次句看，分手前有一个饯行酒宴。席间那个不忍别的送行女子，想必是“将来的酒共食，尝着似土和泥”，哪里吃得下去；而即将登舟上路的男子，却喝了个“醉”。这又是一个对照。“一棹碧涛春水路，过尽晓莺啼处”二句紧承“醉解兰舟去”，写的是春晨江景，也是女子揣想情人一路上所经的风光。江中是碧绿的春水，江上有婉转的莺歌，是那样的宜人。这景象似乎正是轻别的行者轻松愉快的心境的象征。他就这样地走了。想起来多么令人难堪！“渡头杨柳青青，枝枝叶叶离情”则遥应“留人不住”句，是兰舟既发后渡头空余的景物，也是女子主观感觉中的景，所以那垂柳“枝枝叶叶”俱含“离情”。以上四句写景，浑成完整，却包含两种不同情感的象征。初读似以常语写常景，久而觉字字句句皆含怨意。

后两句写情。上文讲到挽留、讲到离别，充满依依不舍的缠绵的情绪。这里却突然转折，说出决绝的话，寄语对方“此后锦书休寄”，因为“画楼云雨无凭”。——我们青楼女子是靠不住的,你今后不必来信了。从此割断感情的联系。似乎不可理解,其实这是负气之言,其中暗含难言之隐。妓女社会地位低下,没有爱的权利。即使有了倾心的男子,也没有长聚不散之理。彼此结欢之夕,纵使“枕前发尽千般愿”,时过境迁,便“留人不住”。有感于此,所以干脆叫对方“此后锦书休寄”了。话虽如此,倘不想得到“锦书”,何以特别提到?二句表现的心情还是矛盾的。故周济《宋四家词选》评:“结语殊怨,然不忍割弃。”“怨”是怨对方的薄幸,更是怨命运的不幸。

全词先是脉脉含情之语,后转为决绝语,二者相反相成。因多情而生绝望,绝望恰表明不忍割舍之情。末二语锻炼精纯,足称警策。

(周啸天)

木兰花

秋千院落重帘暮,彩笔闲来题绣户。墙头丹杏雨余花,门外绿杨风后絮。　　朝云信断知何处?应作襄王春梦去。紫骝认得旧游踪,嘶过画桥东畔路。

晏幾道友人沈廉叔、陈君龙家,有莲、鸿、蘋、云四歌妓,宴会则清歌娱客,幾道“每得一解,即以草授诸儿”(见《小山词》自序)。及沈、陈或死或病,诸姬亦离散。幾道将词稿缀辑成篇,“考其篇中所记悲欢合离之事,如幻如电,如昨梦前尘”(同上)。这首词所写的怀旧之思,正是以这样的生活情事为背景的。

起首二句写旧地重游,似曾相识的情景。在这秋千院落、垂帘绣户之内，仿佛有一位佳人在把笔题诗。佳人是谁，词中未作交代。然从过片“朝云”二字来看，可能是指莲、鸿、蘋、云中的一位。他在《临江仙》词中说：“记得小蘋初见，两重心字罗衣。琵琶弦上说相思。当时明月在，曾照彩云归。”说者多以为指云、蘋二歌女。此词所写者，不妨也是这样的人物。“秋千院落”，本是佳人游戏之处，如今不见佳人，唯见秋千，已有空寂之感；益之以“重帘暮”一词，暮色苍茫，帘幕重重，其幽邃昏暗可知。在这种环境中居住的佳人，孤寂无聊，何以解忧？“彩笔闲来题绣户”一句，作出了回答。彩笔，又称五色笔，相传南朝梁代江淹，才思横溢，名章隽语，层出不穷。后梦中为郭璞索还彩笔，从此作品绝无佳者。这位佳人闲来能以彩笔题诗，可见是位才女，亦莲、鸿、蘋、云之流亚。“题绣户”者，谅非题诗于门户或窗户，而是当窗题诗耳。一位佳人当窗题诗，镜头极美，当系词人旧地重游，从外面所摄得。然而这一镜头多半出于幻觉，因为从下文来看，这位佳人已经不在了。此即所谓“如幻如电”也。

“墙头”两句，主要写词人从外面所看到的景色，以及由此景色所触发的情思。此时词人恍如从幻梦中醒来，眼前只见一枝红杏出墙头，几树绿杨飘白絮。美丽的景色勾起美好的回忆，那红杏就像昔日佳人娇艳的容颜，经过风吹雨打已变得憔悴；那绿杨飘出的残絮又好似词人漂泊的行踪，幸喜又回到故枝。这工整的一联，韵致缠绵，寄情深远，令人想起周邦彦《玉楼春》中的名句：“人如风后入江云，情似雨余沾地絮。”它们都是以眼前景，写胸中情，寓言外意。因此明人沈际飞评曰：“‘雨余花，风后絮’，‘入江云，沾地絮’，如出一手。”（《草堂诗余正集》）

过片用楚襄王梦遇巫山神女的故事，表达对这位佳人的怀念。据《小山词》自序云，莲、鸿、蘋、云四位歌妓，后来“俱流转于人间”，不知去向。这里说佳人像朝云一样飞去，从此音信杳然，也许又去赴另一个人的约会。事虽出于猜想，但却充满关切之情，从中也透露了这位女子沦落风尘的消息。古事今用，惝恍迷离，昨梦前尘，尽呈眼底，不能不令人为之一唱三叹。

结尾二句宕开一笔，从佳人写到自己。然而似离仍合，虚中带实，形象更加优美，感情更加深挚。词人不说这位佳人的住处他很熟悉，而偏偏以拟人化的手法，托诸骏马。马而有情，何况人乎？这一比喻是独创的，也很符合词人作为贵家子弟的身份。证明在此之前，词人确曾身骑骏马，来到这秋千深院，与玉楼绣户中人相会。由于常来常往，连马儿也认得游踪了。紫骝骄嘶，柳映画桥，意境极美，这是虚中写实，实中有虚。清人沈谦说："填词结句，或以动荡见奇，或以迷离称胜，著一实语，败矣。康伯可'正是销魂时候也，撩乱花飞'；晏叔原'紫骝认得旧游踪，嘶过画桥东畔路'；秦少游'放花无语对斜晖，此恨谁知'，深得此法。"(《填词杂说》)所说颇中肯綮。用这种虚写的笔法，勾勒出动荡的画面，确实引人入胜，饶有余味。

总的来说，"如幻如电，如昨梦前尘"，正是此词的风格所在。词人旧地重游，闲窥绣户，仿佛重睹芳华，这是幻境；佳人有如朝云，飘然远逝，另赴襄王之约，也是幻境；最后骏马骄嘶过画桥，词人更觅游踪去，则将幻境与真境糅合在一起，尤富于浪漫色彩。这样的小令，在唐宋词中，是很优秀的作品。

（徐培均）

木兰花

小莲未解论心素，狂似钿筝弦底柱。脸边霞散酒初醒，眉上月残人欲去。　　旧时家近章台住，尽日东风吹柳絮。生憎繁杏绿阴时，正碍粉墙偷眼觑。

【鉴赏】

小莲，是沈廉叔、陈君龙二家歌女中小晏最为眷恋的。《小山词》中如《鹧鸪天》（“手撚香笺忆小莲”）、《愁倚阑令》（“浑似阿莲双枕畔、画屏中”）、《破阵子》（“写向红窗夜月前，凭谁寄小莲”）等词，皆为她而作。小莲能歌善舞，色艺双绝。而本词更突出她的“狂”态，把一位天真烂漫而又妩媚风流的姑娘的形象生动地展现出来。她的性格如此鲜明，给人留下非常深刻的印象，也许是小晏对她特别了解，熟悉她的精神世界的缘故吧。

起头二句，已是摄神之笔。小莲啊，她多么天真幼稚，还未懂得怎样跟人细诉衷情，而她的狂放，却像钿筝中发出的热烈的乐音。“狂”，是小山最为欣赏的，他在词中多次写道：“天将离恨恼疏狂”（《鹧鸪天》）、“尽有狂情斗春早”（《泛清波摘遍》）、“殷勤理旧狂”（《阮郎归》），企图借这个“狂”字来发抒自己满腔的热情和积忿。而小莲也是“狂”的，她不直接地说出自己内心的情愫，而借热烈而狂乱的筝声去表达出来。“柱”，用以架弦。我们可以想象到小莲在急弦促柱时着迷似的“狂”态。“未解论心素”，只是欲进先退的手法，次句才写出小莲的真实形象。她的真纯，她的柔情蜜意，她心中激烈的风暴，都凭着这“雁柱十三弦”，一一向所恋慕的人传送。

三、四句，补足“狂”字。她脸上的晕霞渐散，宿酒初醒；眉上的翠黛消残，人将归去。“霞”，指红晕、酒晕。小莲借着一点醉意，在弹筝时才狂态十足吧。“月”，语意双关。既谓眉上额间“麝月”的涂饰在卸妆睡眠时残褪，也表示良宵将尽，明月坠西。两句实在是写欢会的情景，艳冶之至，可是在小晏笔下，却写得那么优雅，没有一点儿庸俗低级的情调。小晏是以同情的态度去塑造那些身份卑微而又善良纯洁的女性形象的，他对小莲，更是倾注了深深的情感，女孩子天真烂漫，一片柔情，音容笑貌，仿佛可以呼之欲出。本词上片所刻画的小莲形象是美好的，使读者感到十分亲切。

过片后，补写小莲的身世。章台，街名，在汉代长安章台之下。《汉

【原文】

书·张敞传》有"过走马章台街"之语,后世以为歌楼妓院的代称。小莲旧时的家靠近"章台"居住,这里暗示她的歌妓身份。孟棨《本事诗》载,唐诗人韩翃有宠姬柳氏在京中,韩寄诗曰:"章台柳,章台柳,昔日青青今在否?"后世诗人,常以"章台"与"柳"连用。词中写春风吹絮,也许象征着小莲的飘零身世吧。小晏《浣溪沙》词"行云飞絮共轻狂",当同此意。末两句说,最可恨的是杏子成丛,绿荫满树,正妨碍她在粉墙后边偷眼相窥呢!收处回忆当日相见留情时情景,这也是小晏所念念不忘的。他在词中多次写道:"丹杏墙东当日见,幽会绿窗题遍"(《清平乐》),"莺来燕去,宋玉墙东路"(《清平乐》)。宋玉,是战国末年楚国的辞赋家,他作《登徒子好色赋》,记一位住在东邻的美女,曾在墙头窥看他,希望能与他相好。《本事诗》也载有柳氏"每以暇日隙壁窥韩(翃)所居"之事。小莲当日或许有过这么一段情事,她主动地去偷眼相觑,正表现了她不受拘束的"狂"态。

本词上片写今宵幽会的欢娱,下片追忆当时初见的情景,而以一"狂"字贯串始终,小莲的风韵与小晏的钟情都真切地表现出来,词旨风流艳丽,仍无亵媟之失,这也是小晏词的特色吧。

(陈永正)

菩萨蛮

哀筝一弄湘江曲,声声写尽湘波绿。纤指十三弦,细将幽恨传。
当筵秋水慢,玉柱斜飞雁。弹到断肠时,春山眉黛低。

晏幾道早年风流浪漫,与沈廉叔、陈君龙友善,每作词,授两家歌女莲、

鸿、蘋、云等演唱，以为娱乐。他的词大部分为这些歌女而作，本篇也是如此。词中虽有音乐描写，但意旨不在音乐，而是借写弹筝来表现那位当筵演奏的歌妓。《小山词》中有多处提到筝，如《鹧鸪天》"手撚香笺忆小莲，欲将遗恨倩谁传。……秦筝算有心情在，试写离声入旧弦"，《木兰花》"小莲未解论心素，狂似钿筝弦底柱"。筝和小莲往往并提，这首词里所写的弹筝者很可能就是小莲。这首词不仅写她的弹筝技巧，同时还表现她的整个风情。

开头一句先写弹奏。筝称之为"哀筝"，感情色彩极为明显。"一弄"，奏一曲。曲为"湘江曲"，内容亦当与舜及二妃一类悲剧故事有关。由此可见酒筵气氛和弹筝者的心情。"写尽湘波绿"，湘水以清澈著称，"绿"为湘水及其周围原野的色调。但绿在色彩分类上属冷色，则又暗示乐曲给予人心理上的感受。"写"，指弹奏，而又不同于一般的"弹"或"奏"；似乎弹筝者的演奏，像文人的用笔，虽然没有文词，但却用筝声"写"出了动人的音乐形象。

"纤指十三弦，细将幽恨传。"让人想到弹筝者幽恨甚深，非细弹不足以尽情传达，而能将幽恨"细传"，又足见其人有很高的技艺。从"纤指"二句的语气看，词人对弹筝者所倾诉的幽恨是抱有同情的，或所传之幽恨即是双方所共有的。

词的上片侧重从演奏的内容情调方面写弹者，下片则侧重写弹者的情态。"当筵秋水慢"，"秋水"代指清澈的眼波。"慢"，形容凝神，指筝女全神贯注。"玉柱斜飞雁"，筝上一根根弦柱排列，犹如一排飞雁。飞雁在古代文学作品中，常与离愁别恨相连，同时湘江以南有著名的回雁峰。因此，这里虽是说弦柱似斜飞之雁，但可以想见所奏的湘江曲亦当与飞雁有联系，写筝柱之形，其实未离开弹筝者所传的幽恨。"弹到断肠时，春山眉黛低。"春山，指像山一样弯弯隆起的双眉，是承上文"秋水"而来的，用的是卓文君

"眉色如望远山"(《西京杂记》)的典故。女子凝神细弹,表情一般应是从容沉静的,但随着乐曲进入断肠境界,筝女敛眉垂目,凄凉和悲哀的情绪还是明显地流露了出来,可见幽恨深重。

上下片各分两个层次。上片"写"、"传"两个动词最为吃紧,从"写"到"传"都是写弹奏,但"写尽"云云主要指对湘江曲的内容创造性地予以再现;"传"则指演奏时藉以传自己身世之恨,两个动词不可互相移易。下片以写弹筝女子的眉眼为线索,准确地用了"慢"与"低"两个形容词,而从"秋水慢"到"眉黛低",也明显地表现了感情的发展。从这些动词、形容词的运用,可以清楚看出作者更多地是在写人,词并没有提供完整的音乐形象,但弹筝女子却神情毕现,读者可以由"纤指"、"秋水"和"春山眉黛"想象她的纤秀,可以由以筝传恨和断肠时的眉黛低垂,想象她弹奏时的心境、情绪,而整个人物给人的印象则是哀艳动人。这可能是沈、陈两家衰落后,小莲经过流落,又与晏幾道偶然相逢时的演奏。作者不作呆滞的刻画与叙述,笔势回荡飘忽,似不着纸。而情感真挚凄恻,于闲婉之中又显得深沉。词的开头"哀筝一弄湘江曲",蓦然而来,结尾"弹到断肠时,春山眉黛低",悠然而止,极能引发人的回味和想象。

(余恕诚)

玉楼春

雕鞍好为莺花[①]住,占取东城南陌路。尽教春思乱如云,莫管世情轻似絮。　　古来多被虚名误,宁负虚名身莫负。劝君频入醉乡来,此是无愁无恨处。

【鉴赏】

〔注〕 ① 莺花：此处指青楼风月。

晏幾道乃名父之子，出身高贵，却一生仕途失意，沉沦下寮，“磊隗权奇，疏于顾忌”（黄庭坚《〈小山词〉序》），将大部分精力放在诗文创作上，“嬉弄于乐府之余”，流连歌酒自遣。虽然晏幾道秉性纯挚，和不少歌女有深厚的感情，并不将她们当作纯粹的玩物，但激于遭际，感于身世，他的不少词仍然流露了文人常有的颓唐放纵之情，无聊遣玩之意。《玉楼春》即是其中之一。

此词以抒情为主，上阕写自己流连于歌楼楚馆，不在意一身多愁多感和世态炎凉。“尽教春思乱如云，莫管世情轻似絮”写法类似秦观“自在飞花轻似梦，无边丝雨细如愁”（《浣溪沙》），不同之处在于前者是以具体事物比喻抽象，而后者恰恰相反，是以抽象事物比喻具象。“莫管世情轻似絮”，诗人已经深深体会到世情凉薄，“莫管”只是无可奈何，不能管，无法管而已。考察晏幾道的身世生平，他感叹世情有可能是因为家道中落，仕途失意，“仕宦连蹇，而不能一傍贵人之门”，也可能是与人交往不利，“人百负之而不恨，已信人终不疑其欺己”，亦有可能是情感受挫。晏幾道词中写到“柳絮”常指青楼女子，如“旧时家近章台住，尽日东风吹柳絮。”（《木兰花》）“街南绿树春饶絮，雪满游春路。”（《御街行》）“墙头丹杏雨余花，门外绿杨风后絮。”（《木兰花》）“日日双眉斗画长，行云飞絮共轻狂。”（《浣溪沙》）“绿阴春尽，飞絮绕香阁。”（《六么令》）晏幾道曾与一位住在“街南”的青楼女子有过一段恋情，但后来双方恋情中断，而且似乎是女子移情别恋，致使晏幾道发出“落花犹在，香屏空掩，人面知何处”（《御街行》），和“朝云信断知何处？应作襄王春梦去”（《木兰花》）的哀怨感叹。此词亦似写于此段恋情破灭之后。

【原文】

下阕写宁愿放弃尘世中的虚名，也不愿放弃纵情欢乐，因为唯有沉醉可以消愁解恨。细玩词意，“古来多被虚名误”有几分矜傲，亦有几分遗憾。晏幾道对自己的出身十分看重，他自矜于清贵家世，倔强自负，即是潦倒不堪也不屑奔走权势之门，“文章翰墨，自立规摹，常欲轩轾人，而不受世之轻重”。但因此而陆沉于下位，一生不得扬眉吐气，又岂能没有“虚名误”的遗憾？而其后所谓“宁负虚名身莫负”，却大半属愤激之言，意谓诗人宁愿辜负家声，遁入醉乡，也不愿改变操守，随波逐流，并非专为纵情享乐。

此词抒发的究竟是失恋之情还是身世之感，“世情”是泛指还是特指，如果是特指，指的又是何事何人？一切已无从考察，但很显然这件事对诗人造成了强烈的感情刺激，致使他只能遁入醉乡来逃避痛苦。但醉乡岂可久居？又岂真“无愁无恨”？不过是“欲将沉醉换悲凉，清歌莫断肠”（《阮郎归》）而已。

晏幾道一生怀才不遇，有时不免趋于颓废，这首《玉楼春》立意不高，情调压抑，却有一股沉郁悲凉之气郁勃其中，触动人心。

（孔燕妮）

玉楼春

清歌学得秦娥似。金屋瑶台知姓字。可怜春恨一生心，长带粉痕双袖泪。　　从来懒话低眉事。今日新声谁会意。坐中应有赏音人，试问回肠曾断未。

在小晏的《小山词》中，《玉楼春》多达二十余调，可见这是小晏很喜欢

的一个词牌。

"清歌学得秦娥似。"词的首句，就点出了主人公的身份，乃是一名歌女。秦娥，本指美女。扬雄《方言》卷二："秦晋之间美貌谓之娥。"又常常用来指代歌者。《文选·陆机〈拟今日良宴会诗〉》："齐僮《梁甫吟》，秦娥《张女弹》。"李周翰注："齐僮、秦娥，皆古善歌者。"秦穆公的女儿弄玉精通音律，曾有凤凰台上吹箫的典故，秦娥有时又专指她。小晏用此语，是在称赞歌女的技艺超绝。技艺超绝，故名达于诸侯，遂有下句，"金屋瑶台知姓字"。金屋，指华美的屋子。瑶台，本是仙人所居。金屋与瑶台，代指的是富贵之家。

色艺超人，名声显赫，这在普通人的眼里，已经值得艳羡了。然而，谁又知道，这样一种光鲜的人生背后，却隐藏着别样的悲哀。"可怜春恨一生心，长带粉痕双袖泪。"春，在古诗词中常常代表着青春与爱情，用以修饰"恨"字，更点明了"恨"之缘由与本质。人前与人后的对比，显示出歌女不幸的生活际遇。词家借这对比，使章法上生一顿挫。

过片，"从来懒话低眉事"，是承上片末句而写。虽有悲伤，却懒与人说起。说亦枉然，又何必多说？然而，今天的情况却有些不同了。"今日新声谁会意"，今日面前，出现了一位真正知音的佳公子，故歌女不禁打开心扉，以曲传情了。"坐中应有赏音人，试问回肠曾断未。"一个"应"字，既是揣测，又是回答。既希望对方能理解自己，亦深信对方能够理解自己，所谓"心有灵犀一点通"是也。因真理解而能有真同情，因真同情而能回肠断，这是一种至真至纯的知己之爱。能够在飘忽无定的生命中遇到如此的知己之爱，这既是一种偶然，也是一种幸运。本词虽短，读起来却是千折百回，其细致的笔触，写尽恋爱中人的万般感慨。所写的虽只是爱情生活中一个短暂的场面，但其褒扬的，却是一种永恒的价值理想。

小晏一生仕途坎坷，加以家道衰落、不会治生，生活更是常常陷入窘迫。故其虽生于仕宦之家，却可以对下层民众抱以真正的理解和同情。当然，这里的下层民众主要是就那些歌儿舞女而言。在与她们相对时，小晏似乎完全忘记了自己世家公子的身份，他始终是以完全平等的心态去和她们交流。这些歌儿舞女是真实的，因为她们本是小晏现实中的朋友。但同时她们亦是虚幻的，因为她们身上，寄托的乃是小晏所有的希望和理想。怜人者实亦自怜，那个小晏用如花之笔构建起的情感世界，其实本身就是小晏心灵世界的映射。小晏在现实世界中遭受的辛酸挫折，全部在这里得到了表达。黄庭坚在《小山集序》中曾论晏幾道有四痴："仕宦连蹇，而不能一傍贵人之门，是一痴也。论文自有体，不肯一作新进士语，此又一痴也。费资千百万，家人寒饥而面有孺子之色，此又一痴也。人百负之而不恨，已信人终不疑其欺己，此又一痴也。"痴，表明了小晏的付出常常是单向的。这是一种执着，但其实也是一种发泄。将所有的情感都投入到一场不求回报、不求结果的付出中，此又非愤激人而不能作此想。正是因为有了这样一种一往无前的痴心作动力，小晏才能最终做到"淡语皆有味，浅语皆有致"（冯煦《蒿庵论词》），在词与情两个维度上把令词推向进一步的发展。

（刘竞飞）

玉楼春

东风又作无情计，艳粉娇红吹满地。碧楼帘影不遮愁，还似去年今日意。　　谁知错管春残事，到处登临曾费泪。此时金盏[①]直须深，看尽落花能几醉！

〔注〕 ① 金盏：金制的饮酒器，泛指精美的酒杯。

全词抒写花落春残的感伤。首句"东风又作无情计",破空而来,笔力沉重。起始就直怨东风,东风无情,而且这种无情并非偶尔,完全出于有意算计,着一"又"字,则不仅是今年如此,远射下面"去年",着力写出东风的"无情",同时也就烘衬出内心的愁怨之深,此意直贯全篇。第二句的"艳粉娇红吹满地",正面描写落花,"粉"是"艳","红"是"娇",不仅描绘了花的色彩,而且写出了花的艳丽娇冶如人。着力写花的美,也就更反衬出"吹满地"的景象之惨,满目繁华,转瞬即逝,使人触目惊心。"吹"字暗接"东风",进一步写东风的无情。"碧楼帘影不遮愁,还似去年今日意",上句词意深厚,楼台高远,帘影层深,是怕见春残花落触动愁肠,虽然较之近观增加了几分隐约朦胧,但花飞花谢仍然依稀可见,"不遮愁"三字绝妙!景既不能遮断,愁自然油然而生。下句语甚浅而情甚深,红稀绿暗的春残景象"还似"去年一样,"还似"二字,回应首句"又"字,申说花飞花谢的景象,春残春去的愁情,不是今年才有,而是年年如此,情意倍加深厚,语气愈益沉痛。

下片"谁知错管春残事,到处登临曾费泪"二句,紧接上片,以转作承,不正面叙说惜春之意,却出以反笔,自怨自悔,说惜春不仅是多管,而且是"错管"。花落春去,人力无法挽回,惜春怜花,岂非徒然多事!当初不能通晓此理,每逢登临游春都为花落泪,现在看来,都属多余的感情浪费。表面上看似怨悔,实是感伤。结拍"此时金盏直须深,看尽落花能几醉"二句,从崔敏童的"能向花前几回醉,十千沽酒莫辞频"(《宴城东庄》)化来,转写今日此时,表面上自解自慰,说伤春惜花费泪无益,不如痛饮美酒,恣赏落花,语极旷达,实际上却极为沉痛,较之惋惜更深一层。群花飞谢,在还没有委埋泥土、坠随流水之前,"吹满地"的"艳粉娇红"还可供人怜惜,然而这种景象转瞬间即将消逝无踪,又能够看到几次?更又能看得几时!"临轩一盏悲春酒,明日池塘是绿阴"(韩偓《惜花》),在"直须深"的连连呼唤中,蕴藏着无计留春、悲情难抑的痛苦，但这种感情却故以问语相诘，就显得十分宛转。与乃父晏殊的“门外落花随水逝，相看莫惜尊前醉”（《蝶恋花》）相比，自然有明朗显豁与摇曳顿挫之别。

（钟　陵）

阮郎归

旧香残粉似当初，人情恨不如。一春犹有数行书，秋来书更疏。　　衾凤冷，枕鸳孤。愁肠待酒舒。梦魂纵有也成虚，那堪和梦无？

这是一首居者忆行者的词，也是一首表达男女相思的词。但在欣赏这首词时，先要解答一个问题：词中的居者到底是男方，还是女方？有人认定行者是女方，而居者就是晏幾道本人。这当然不失为一种解释。可是，写男女间别后相思，本是诗词中常见的题材，多半是虚拟。对这首词，如无本事可考，似不必坐实为作者本人忆念其离去的情侣。而这类题材的作品，往往写居者是女方、行者是男方的，生活中多半也是如此。

词的上片写怨情，怨行者之薄情。起句“旧香残粉似当初”，写物；次句“人情恨不如”，写人。两句合起来，是以物与人相比。往昔所用香粉虽给人以残旧之感，但物仍故物，香犹故香，而离去之人的感情，却经不起空间与时间考验，逐渐淡薄，今不如昔了。上片的后两句“一春犹有数行书，秋来书更疏”，是上两句的补充和延伸，举出人不如物、今不如昔的事实，那就是行人初去时还有几行书信寄来，从春到秋，书信越来越稀少了。

【鉴赏】

这上片所写，应是词中女主人晨起梳洗时，触及旧时的化妆用品，不禁因物思人，感昔伤今，而勾起了一腔怨情。下片则是倒叙夜间的愁思，述说其处境的凄凉、相思的痛苦。

换头“衾风冷，枕鸳孤”两句，写词中人的主观感受。照说，衾、枕本是无知之物。被上绣的凤凰、枕上绣的鸳鸯也应仍“似当初”，当初是那样，现在也是那样，人去前是那样，人去后也是那样，无所谓冷，也无所谓孤，只在独眠之人的眼中、心上产生了清冷、孤寂之感。这正是王国维所说的“以我观物，故物皆着我之色彩”(《人间词话》)。这里写衾与枕而着眼于凤与鸳，还有其象喻意义，是词中人因见衾、枕上绣的凤凰、鸳鸯而想到情侣的分离，以凤凰失侣、鸳鸯成单，来暗示自己的处境已经“人成各，今非昨”(唐琬《钗头凤》)了。下面“愁肠待酒舒”一句，是其人在愁肠百结之际希冀在酒醉中求得暂时的解脱。这是她可能找到的唯一消愁的办法。但这里只说“待酒舒”，未必真个入醉乡，而酒也未必真能舒愁。联系下两句看，其愁肠不仅未舒，更可能如范仲淹所说，“酒入愁肠，化作相思泪”(《苏幕遮》)，其结果是加深了愁恨。

这三句写衾冷枕孤，遣愁无计，应是入夜后，就寝前的感触。下面“梦魂纵有也成虚，那堪和梦无”两句，则写到一觉醒来时的空虚和惆怅。既然人已成各，今已非昨，而又往事难忘，后会难期，那就只有在入睡之际，寄希望于梦中与相思之人重温旧情了。尽管梦境幻而非真，虚而非实，梦回后反而会令人惘然若失。但梦里倘能相见，总也聊胜于无。可是，最可悲的是，夜来空有相思，竟难成梦，连这一点片刻的虚幻的慰藉也得不到，就更令人难以为怀了。这结拍两句是翻进一层的写法。上句说已看穿了梦境的虚幻，似乎有梦无梦都无所谓，把话已经讲到了头，而下句一转，把词意又推进一层。从下句再回过来看上句，才知上句是衬垫和加重下一句的，也可以说是未发先敛，欲擒故纵，从而形成跌宕，显示波澜。这一手法是诗

【原文】

词中常用的，如柳永《雨霖铃》词中的“多情自古伤离别，更那堪、冷落清秋节”，辛弃疾《摸鱼儿》词中的“惜春长恨花开早，何况落红无数”等等。而从写法到语意与这两句更相似的，有宋徽宗《燕山亭》下片的后几句：“天遥地远，万水千山，知他故宫何处。怎不思量，除梦里有时曾去。无据。和梦也新来不做。”

就整首词的意境而言，可以与晏幾道这首词参读的，还有欧阳修的一首《玉楼春》：“别后不知君远近。触目凄凉多少闷。渐行渐远渐无书，水阔鱼沉何处问？　　夜深风竹敲秋韵。万叶千声皆是恨。故欹单枕梦中寻，梦又不成灯又烬。”所写情事，两词大致相同。

（陈邦炎）

阮郎归

天边金掌露成霜，云随雁字长。绿杯红袖趁重阳，人情似故乡。　　兰佩紫，菊簪黄，殷勤理旧狂。欲将沉醉换悲凉，清歌莫断肠！

晏幾道为晏殊幼子，是个赋性天真而又风流的贵公子，年轻时候，酒筵歌席，良辰佳节，有过不少欢娱的朝暮。父亲死后，家道衰落，生活陷于贫困，对于人情世故、悲欢离合，有更多的体验，天真的心肠不免时时蒙受悲哀，因此，他的词作也由写得真率而逐渐走向深沉。

这首《阮郎归》是晏幾道词情思深沉的代表作之一，题材还是属于酒筵歌席、佳节良辰的，但感情和早年的单纯看待欢乐不同了。词是写重阳节的。"天边金掌露成霜，云随雁字长。"《礼记·月令》：季秋之月，霜始降，鸿雁来宾。词以写景起，为后文九月"重阳"先作渲染，并从中透露作词地点。汉武帝在长安建章宫建高二十丈的铜柱，上有铜人，掌托承露盘，以承武帝想饮以求长生的"玉露"。承露金掌是帝王宫中的建筑物，词以"天边金掌"指代宋代汴京景物，选材突出，起笔峻峭。但作者词风不求以峻峭胜，故第二句即接以闲淡的笔调。白露为霜，天上的长条云彩中飞出排成一字的雁队，云似乎也随之延长了。仅仅用这两句写秋空之景，已能表现重阳前后汴京的气候、景物特色了。"绿杯红袖趁重阳，人情似故乡。"前句起着承上贯下的作用，连接紧密而自然。承上，点出上面所写的景是"重阳"的；贯下，引出"人情"。在过节时，对着"红袖"佳人，举"绿杯"而饮，习俗有如故乡，算是当前乐事；但更可贵的还是"人情"温暖如故乡。经过不少辛酸之后，还能得到这种温暖，后句不言珍重而包含多少珍重之意！句中只表欣悦，但联系下文，联系作者身世，可知这是充满辛酸的欣悦。这两句先叙事后抒情，抒情是用笔轻细而涵蕴深厚。

换头"兰佩紫，菊簪黄，殷勤理旧狂"，补充上片第三句，再写重阳节的活动内容。菊花多黄，人所尽知；紫兰较生，但《楚辞·九歌·少司命》已有"秋兰兮青青，绿叶兮紫茎"之句。感人情的温暖，又兼佩兰簪菊，增添节日的兴致，那就应该不惜再一次重复着旧时的清狂豪饮了。此狂此饮，必曾因受刺激而有一度的冷淡和衰退，所以需要再去调理它。这三句是整个过节活动的一个归结点，含着多重的层次。况周颐《蕙风词话》卷二说："'绿杯'二句，意已厚矣。'殷勤理旧狂'，五字三层意：狂者，所谓一肚皮不合时宜，发见于外者也。狂已旧矣，而理之，而殷勤理之，其狂若有甚不得已者。"试想，本是清狂耽饮的人，如今要唤起旧情酒兴，还得"殷勤"去"理"才行，此中的层层挫折，重重矛盾，必有不堪回首、不易诉说之慨，感情的曲折，自然把意境推向比前更为深厚的高度。结尾两句："欲将沉醉换悲凉，清歌莫断肠。"由上面的归结,再来一个大的转折,又引出很多层次。《蕙风词话》又说:"'欲将沉醉换悲凉',是上句注脚;'清歌莫断肠',仍含不尽之意。"所谓"注脚",表"理旧狂"只是求新的"沉醉"。有人情的温暖,有过节的兴致,"悲凉"还是排除不了,只能希望借助"沉醉"来暂时抑制它,忘掉它,也即是暂时的以之对"换";那"悲凉"的来历之久、潜藏之深、力量之大也自然可想而知了。问题还有更为复杂的地方,是这个主观想"换"的事,客观上真正"换"得了吗?作者虽未明言,但内心是完全没有自信的。正因为没有自信,所以感觉连"沉醉"也不容易做到,只好用吩咐的口气,盼望席上歌者,不要唱出"断肠"的歌声;否则,不但"悲凉"忘却不了,而且怕连"沉醉"也做不到了。只有吩咐,不说缘由,这就是所谓"仍含不尽之意"。"兰佩紫"二句,承上片"人情"句的含蓄转为宽松;"殷勤"句随着内容的迅速浓缩,音节也迅速转向悠扬;"欲将"二句,感情越来越深沉、曲折,音节也越来越悠扬、激荡。谭献评周邦彦《兰陵王》词的"斜阳冉冉春无极"句,说"微吟千百遍,当入三昧,出三昧。"读晏幾道这首词的最后三句,使人也有同样的感觉,因为它的意境、音节配合得极有韵味和感染力,妙处须细细体会。

这首词,写景洗练;写情转折起伏,步步深化;音节从和婉到悠扬,适应感情的变化。《蕙风词话》说"此词沉着厚重",得到最后两句结句,"便觉竟体空灵"。实际上,这词以欲吐还吞之笔,写无可奈何之情,是由"空灵"进入"厚重"的;结尾三句,创深痛巨,力求和婉,转益悲凉,最为"厚重",只是厚重而不沉滞,故仍有"空灵"之感罢了。陈匪石《宋词举》说:"小晏多聪俊语,一览即知其胜,此则非好学深思不能知其妙处者。"这首词感情悲凉,音节悲凉,"悲凉"二字正是它的基调,从悲凉处体会其意境,追溯其生活根源,对它的妙处,就容易理解。

(陈祥耀)

归田乐

试把花期数。便早有、感春情绪。看即梅花吐。愿花更不谢，春且长住。只恐花飞又春去。　　花开还不语。问此意、年年春还会否？绛唇青鬓，渐少花前侣。对花又记得，旧曾游处。门外垂杨未飘絮。

浅语深情，小晏所擅。把感春怀人的心事絮絮道来，流美自然而又缠绵往复，如小儿女背人的痴语，语语皆真，字字皆切，非有至性至情者不能道。

“试把花期数。便早有、感春情绪。”数花期，是盼望春天的到来。春残花谢，勾起人们惋惜之情，是很自然的。可是，当春天还未到来，花还未开，词人就预为感春了。春感一类题材，在旧体诗词中不知凡几，每易落套。而本词以盼春写伤春，前后矛盾，语便脱俗。而着一“试”字、“早”字，尤见深情。“看即梅花吐”句，承上启下。“看即”，犹今言“眼看着就……”为随即义。梅花是最早开的花，报春的花，如今已是含苞欲放了。紧扣上句“便早有”三字。“愿花”三句，补足上文。梅未开时，已希望它更不凋谢，好让芳春长驻人间。怕的是百花飘残，匆匆春又归去！上两句写惜花人的心愿，自是痴儿女的口吻，痴儿女的情怀。末句顿住，收束有力。

过片后，紧承上半阕。“花开还不语”，本欧阳修《蝶恋花》“泪眼问花花不语”意。等到花开时，它却默然无语，试问其中的深意，年年的春天都能够理解吗？三句的潜台词是：如果春天能理解人们的心意的话，它就不会叫花儿凋谢了，因为花开花落，春来春去，正是人们悲感的缘由啊。年年如

【鉴赏】

是伤春，年年的春天依然逝去，还能有什么话可说呢？“不语”的是花，发出痴问的是词人，“此意”，即上片愿花不谢、春长住之意。句句深入，环环紧扣，两片融为一气。“绛唇青鬓”二句，忽作转折，进入怀人的主题。当日在花前一起快乐地游春的侣伴——那些红唇绿鬓的少年人——如今安在？《小山词·自序》说：“追惟往昔过从饮酒之人，或垄木已长，或病不偶，考其篇中所记悲欢离合之事，如幻如电，如昨梦前尘，但能掩卷怃然，感光阴之易逝，叹境缘之无实也。”“绛唇青鬓”，形容年少。当指昔日同游的女子，即莲、鸿、蘋、云等人，也可以指沈廉叔、陈君龙辈。“渐少”，意谓一年比一年少，与上文“年年”呼应。两句跌深一层，全词旨意，至此方出。“对花”三句，为全词大结裹。可是看到花开，便记起旧日曾游之地——那时，她门外袅娜的垂杨，还未曾扬花飘絮呢！“旧曾游处”，即当时歌酒征逐之地；“门外垂杨”，即作者《浣溪沙》词“户外绿杨春系马”处。末三句追忆旧游，以当日赏春的欢乐与今朝孤独的悲感对照，说明花飞春去只是勾起伤感的表面原因，而感旧怀人才是“感春情绪”的来由。

这首小词，语言浅近，感情深挚。作者不乞灵于华丽的词藻，深曲的典实；词中也没有奇特的结构、怪诞的想象。词人只是把个人的一些感受，向读者反反复复诉说，就使人为之低徊不已。把感春怀人之情，表现得那么深切，那么娓娓动人，这种独特的艺术魅力，不是所有的诗人（包括某些天才诗人）都能具有的，它只属于为数不多的、还怀有赤子之心的诗人，有着至情至性的诗人。陈振孙《直斋书录解题》中说：“叔原（晏幾道的字）词在诸名胜中，独可追逼‘花间’，高处或过之。”所谓“高处”，正指这种纯情之作，平易深刻，秀韵天然，绝非“花间”中镂金雕玉者所能及的。

本词在语言上还有两个特色：一是颇多拗句。“愿花更不谢”、“对花又记得”，为“仄平仄仄仄”；“春且长住”，为“平仄平仄”，“只恐花飞又春去”、“门外垂杨未飘絮”，后五字为“平平仄平仄”；“年年春还会否”，为“平平平平仄仄”。诵读时有一种特殊的音乐美,可想见莲、鸿、蘋、云执红牙板歌一过时的情境。二是大量使用重字。词中“花”字凡七见,“春”字凡三见。以“花”为线索,串起全词,以突出伤“春”之意。

(陈永正)

浣溪沙

二月和风到碧城,万条千缕绿相迎,舞烟眠雨过清明。　　妆镜巧眉偷叶样,歌楼妍曲借枝名。晚秋霜霰莫无情。

唐宋诗词中,柳枝常常用作歌伎舞女的代称。这首小令所歌咏的柳枝,大约就是这类“冶叶倡条”中的一位。词人对她是极赏爱的,充满着关切之情。

首句明点时令。“碧城”是丛丛柳树的形象化比喻,南宋李莱老《小重山》词“画檐簪柳碧如城”之句可证。起句从容自在而又明快轻灵,给人以和煦的春风飘然而至的感觉,而“碧城”的字面又造成重翠叠碧的视觉印象,故虽平直叙起,却有鲜明的形象感。次句“绿相迎”应上“到碧城”,不仅画出了柳枝迎风飘拂、如有情相迎的动人意态,突出了和风的化煦作用,也传出词人面对春风杨柳万千条的景象时欣喜的心情。第三句“舞烟眠雨过清明”以概括之笔收结上片。柳枝在暮春的晴烟轻霭中飘舞,在暮春的霏霏丝雨中安眠,在梦一般温馨的环境中度过了清明三月天。“舞”字“眠”字,一写动态,一写静态,都能得柳枝之神理,前者见其春风得意,后者见其恬静安闲。

【鉴赏】

上片从和风拂柳写到暮春烟柳，按照时序写出了柳枝在春风细雨的环境中生长繁茂的过程，展示了她的青春美和意态美，特别是“舞烟眠雨过清明”，更是何等风流蕴藉、温馨旖旎，让人自然联想起青春少女所度过的一生中最美好的时光。

下片仍承上对柳的美盛作进一步渲染。美人对镜梳妆，爱把双眉画成柳叶的形状，歌楼宴席上演唱的清歌也用柳枝作为曲名。词人巧妙地借柳叶眉、《柳枝》曲的流行来渲染柳枝的声名，“偷”、“借”二字，把被“偷”、被“借”的柳放到备受歆羡的位置上，可谓尊崇之至。

“晚秋霜霰莫无情!”结拍陡然捩转，作变徵之声，这是词人对柳枝将来命运的忧虑。在春风得意之时预想到“晚秋霜霰”的无情摧残，这仿佛有些突然，但却正透露出词人对自然、对人生已经有了类似的体验。由于有前面对柳枝青春美盛情景的层层渲染描绘，这陡转作收便格外显得情深语重，引人注目，令人感慨。

词中所咏的是“物”——和风细雨中盛极一时的柳枝，也是“人”——青春年少、红极一时的歌伎舞女。人与物，借助形象上的比拟和联想，借助环境与命运的相似相关，很自然地浑化为一体。但柳枝的形象似乎还概括了更广泛的人生体验，包括词人自身的命运。作为一位贵公子，词人年轻时也经历过富贵风流的生活，后来却落拓潦倒、沉沦下位。这种先荣后悴的身世，使他对人间“霜霰”的无情有一种切肤之痛，因而对“柳枝”的命运也就有一种特殊的关切。

跟后来周邦彦和南宋某些词人刻画精工、巧为形似之言的咏物词不同，小晏的这首柳枝词对柳枝的形象并没有多少描绘刻画，只以概括虚涵之笔稍作点染，更多的却是深情的咏叹。读来只觉通体空灵，而无咏物词常见的滞累拘执之病。

（刘学锴）

【原文】

浣溪沙

日日双眉斗画长，行云飞絮共轻狂。不将心嫁冶游郎。　　溅酒滴残歌扇字，弄花熏得舞衣香。一春弹泪说凄凉。

小词写一位歌女痛苦寂寞的内心世界。她被迫过着"行云飞絮"般"轻狂"的生活，但还是希望能获得真正的爱情。小晏是怀着深厚的同情来写这些被侮辱与被损害的女性形象的，故更能真切感人。

起句描述歌女的日常生活：她每天都精心地描画着自己一双长长的黛眉。唐秦韬玉《贫女》诗"不把双眉斗画长"，本词却反用其意。歌女虽不愿意，却不得不跟别人争妍比美。一"斗"字，已饱含辛酸。次句更进一步描写：她啊，像天上的行云那样轻浮，像纷飞的柳絮那样狂荡。"行云"，用《高唐赋》巫山神女"旦为朝云，暮为行雨"意，暗喻歌妓的生涯。"飞絮"，旧诗词中常用杨花柳絮的飘流无定喻女子的命运和行踪。"行云飞絮"四字，不独写歌女的举止情态，也暗示了她的身份。"轻狂"，也是表象而已。杜甫《绝句漫兴》诗："颠狂柳絮随风舞，轻薄桃花逐水流。"随风逐水，不也象征着女子身不由己、随人摆布的可悲境遇吗？前两句极力写这位歌女的装饰和态度，强调她的"轻狂"，是为了表现其现实生活与理想的矛盾——"不将心嫁冶游郎"！这才是歌女内心世界的真实写照。她发誓不把自己的真心许给浪荡的男子。语虽从李商隐《无题》诗"不知身属冶游郎"化出，而其思想境界则比李诗要高得多。"身属"，那是无可奈何的，也许是无法避免的，处在社会底层的歌妓，被迫委身于那些玩弄女性的公子哥儿，可是，她的内心深处，还是有其不可侵犯的领地的，身可属而心不可嫁，冶游郎决不能获得自己真正的爱情。“不将心嫁”，千古奇语。它向人们揭示了一位女子纯洁的心灵和独立的人格，也表现了封建社会中人的自我意识的觉醒。沈祖棻云：“这一句语气坚决，而笔力沉重足以达之。”可谓的评。

过片二句，细致地描写歌舞筵前之“乐”：酣饮时溅出的美酒滴到歌扇上，使扇上的字迹都漫漶了；拈花弄草，把舞衣熏染得幽香袅袅。“溅酒”，谓其纵饮狂荡；“弄花”，写其娇美情态。歌扇舞衣，乃表明女子身份之物。两句字面艳冶，描绘精工，次句从于良史《春山夜月》诗“掬水月在手，弄花香满衣”化出，而色彩更为秾丽。这就是歌女的日常生活，也是“轻狂”二字的注脚，她在酒筵上不得不歌舞助欢，而其心里却充满了浓重的悲凉——“一春弹泪说凄凉”！篇终见意。无人可诉，唯有暗中流泪，独自凄凉，又辜负了美好的芳春，虚度了大好的年华！

本词在艺术手法上也颇具特色，上、下两片的前两句，用浓墨重彩，力写女子装饰之美，歌舞之乐，而在末句却突作转折，写女子内心的坚贞与凄凉。两相对比，从这似乎是难以调和的矛盾中表现了女子的完整的形象，显示出她的鲜明的个性。我们知道，每一个词人都能或多或少地在其作品中展示自己的内心世界，亦即在塑造词中抒情主人公的形象的同时，也为自己塑造了形象。在本词中，透过作者深情的描述，分明看到一个诚挚的灵魂在跃动，那就是小晏自己的形象。我们完全能从字里行间体会出词人的心灵美，他那“痴”的个性，他那“伤心人”的怀抱，都真实地反映出来了。刘永济先生对此词有一段颇为精到的论述：“作者将此一舞女之生活和内心写得如此酣畅，其自身几已化为此女。盖由作者自身亦具有此种矛盾之痛苦，亦同有此舞女之个性，故能体认真切。此舞女，直可认为作者已身之写照。此种写法，又较托闺情以抒己情者更加亲切，因之更加动人。论者称其词顿挫，即从此等处看出也。”(《唐五代两宋词简析》)可供参看。

(陈永正)

浣溪沙

唱得红梅字字香，柳枝桃叶尽深藏。遏云声里送离觞。　　才听便拚衣袖湿，欲歌先倚黛眉长。曲终敲损燕钗梁。

抒写别情离恨，是古典诗词中熟见的题材。要写好一首送别词，除了要有真挚的感情外，往往还须借助于新巧的艺术构思和特异的艺术手法。像小晏这首《浣溪沙》词，着力去描写歌女唱曲的优美动人，从侧面托出悲离伤别的命意，虚实相生，情文并茂，吐弃陈词套语，便成妙构佳篇。

首句“唱得红梅字字香”，语甚绮丽。“红梅”，当指歌女所唱的曲词。汉横吹曲有《梅花落》，多述离情。至唐白居易《送滕庶子致仕》诗云：“犹听侍女唱《梅花》。”宋人歌筵中多唱曲子词，宋词有《落梅花》、《梅花引》、《小梅花》等调。本词着一“红”字，便添色彩。“字字香”，极言歌者声情之美。由乐曲之名联想到真正的梅花，又以红梅之香比喻乐声，听觉与视觉、嗅觉交织起来，这就是诗论家所说的“通感”。字字皆香，声声俱美，可想见歌女此时情愫。隽言秀句，无怪元人郭豫亨竟袭取“梅花字字香”名其诗集了。次句“柳枝桃叶尽深藏”，反衬补足首句。“柳枝”，指《杨柳枝》曲。古横吹曲有《折杨柳》。北朝乐府鼓角横吹曲《折杨柳枝》词云：“上马不捉鞭，反拗杨柳枝。下马吹横笛，愁杀行客人。”后世翻此曲者，亦多写离别行旅之情。

【鉴赏】

“柳枝”，亦歌女名，见李商隐《柳枝》诗序。“桃叶”，《古今乐录》载，晋王献之爱妾名桃叶，缘于笃爱，献之临江相别时作歌曰：“桃叶复桃叶，渡江不用楫。但渡无所苦，我自迎接汝。”后收入乐府，名《桃叶歌》。词中柳枝、桃叶，语意双关。亦人名，亦歌名，又与首句“红梅”字面相应。句意谓其他歌女及所唱的曲子都远不及这位姑娘和她的“红梅”曲。“遏云声里送离觞”，于上片歇拍处小结。“遏云”，谓歌者声调高亢激越，使天上的行云为之而停止。《列子·汤问》载，歌者秦青相送薛谭，“饯于郊衢，抚节悲歌，声振林木，响遏行云”。送别之词用此典，亦甚工切。“送离觞”三字，始点出歌筵送别的本意。

过片二句，分别从行人与歌者两方面来写：被送的人才听到她的歌声，便感情激荡，不禁泪湿衣袖；而女子欲歌之时，早从她那修长的眉黛中，流露了脉脉深情。“便拚”、“先倚”二语极炼。“拚”，有甘愿、不顾惜之意。行人知道无法控制自己的感情，那就索性让泪水流下来吧。“倚”，有依靠、凭仗之意。女子巧画长眉，宜颦宜笑，若是画作“远山眉”时，就更勾起人的离愁别恨了。“才听”二句，写出行人与歌者早已心意相通，故就更容易被歌声感染。“曲终敲损燕钗梁”，这是全词精绝之笔。“燕钗”，饰以玉燕的钗。行人听歌时以玉钗按拍击节，当人的感情正被激发到最高潮时，歌曲戛然而止，不觉敲损了钗梁，可见其激赏之至。《世说新语·豪爽》载有王处仲(敦)咏歌时以铁如意打唾壶，壶口尽缺之事。韩偓《闺情》诗也有“敲折玉钗歌转咽”之句。本词暗用前人故实，而又自然贴切。钗梁折断，亦暗示有“分钗”之意。古人离别时有分钗的习俗，把钗分拆两股，各持其半，以为纪念。白居易《长恨歌》“钗留一股合一扇”，即记此事。本词写曲终人别，敲损钗梁，以表达离人的凄绝之情，其味更是有余不尽了。

（陈永正）

六么令

绿阴春尽，飞絮绕香阁。晚来翠眉宫样，巧把远山学。一寸狂心未说，已向横波觉。画帘遮币。新翻曲妙，暗许闲人带偷掐。　　前度书多隐语，意浅愁难答；昨夜诗有回文，韵险还慵押。都待笙歌散了，记取留时霎。不消红蜡。闲云归后，月在庭花旧栏角。

晏幾道的词，多以歌妓舞女为描写对象，题材范围是比较狭窄的，但是，他又能够在这个狭窄的范围之内进行相对广阔的开掘，写出歌妓舞女们的众多生活侧面来，故而并不单调。同时，由于作者熟悉他所描写的对象，对她们关切、同情，所以作品中流露的感情是真挚的，再加上新颖的构思、精美的语言和生动的描绘，于是形成了小晏词的独特的艺术风格。

这首《六么令》写一位歌女和情人的约会，题材的角度比较新颖；通过这样一个角度，展现女主人公的内心活动，描摹相当生动。

开头的"绿阴春尽，飞絮绕香阁"两句，不仅是点出季节时令，柳絮的飞舞环绕也是一层比喻，它把歌女因有约会而产生的兴奋、紧张的心情作了一番引人联想的比拟。盼到晚来，演出的时间快到了，这位歌女开始梳妆。于是对她作了几句正面的描写。只需写她的眉和目就够了，因为眉目是足可传情的。学着宫中的远山眉样，精心描画。《赵飞燕外传》载，赵飞燕妹合德，为薄眉，号远山黛。这是"女为悦己者容"，翠眉是画给她的情人看的。写眼睛的两句更为生动。此时她化妆已毕，步出宴会厅前，"一寸狂心

【鉴赏】

未说,已向横波觉”。“狂心”,是难以抑制的热切之心。眼睛是心灵的窗户,她的心事不须开口,就已经从她那如水波流动的眼神中传出来,而已被人察觉了。“已向横波觉”,“向”字、“觉”字,其中隐隐有一个人在,这是什么人呢?就是今晚她所要密约的人。这人已在席间,她一瞥见,就向他眼波传情,而被这个人察觉了,彼此心照不宣。这一点很重要,是理解词情的关键,下面将再说明。

上片的后几句写的是笙歌演出的情况。在四周有画帘遮护的宴席场所,她演奏的新翻曲子,妙处纷呈。因为有所爱者在座,她尽情施展本事,不但奏“新翻曲”,而且奏得“妙”。“暗许闲人带偷掐”,意谓:情人在座,定要尽心演奏的,曲谱尽管让旁人偷记了去,也在所不惜。“偷掐”,暗用元稹《连昌宫词》“李谟擫笛傍宫墙,偷得新翻数般曲”所述事。元诗自注云:明皇尝于上阳宫夜后按新翻一曲。李谟其夕于天津桥玩月,闻宫中度曲,遂于桥柱上插谱记之。“掐”,与“插”同属《广韵》入声三十一洽,声母不同,此处可通。这个字属于险韵,不容易押得好。这里结合用事,却下得非常自然。

下片的开头,补叙了情人连续写给她的书信、诗歌,因为其中“多隐语”、“有回文”,本来是应该作答书、和原韵的,但是由于自己领会得还不够深,诗的韵字也嫌太窄,答书、和诗都没有写成,自己心里的话,只好待今夜会面时与对方倾谈了。这几句补叙,说明了两人交往的亲密程度,也说明了今晚约会的必要性和重要性。最后叮嘱约会的时间、地点,是全词里写得最生动的部分。“都待笙歌散了,记取留时霎”,这是告知笙歌散后,彼此都暂留片刻,做什么呢?就是去私会。这两句表明,她的情人原来就是参与了这个笙歌之会的,所以有散席暂留这些话。依此再回顾上片所写,所有巧画宫眉,横波送心,新翻曲妙,女主人公都是有所为的。秘密至此才揭破,不能不使人惊叹小山词笔之巧妙。一对情人相约会,当然不必惊动别人，不必点燃灯烛，“不消红蜡”这一句叮咛的话，粗看似乎多余，细味起来，却有一种轻俏亲昵的感觉，写上这四个字，就给作品增添了一点特殊的情趣。“闲云归后，月在庭花旧栏角”，这是确认约会的地点。这地点本来是又简单又熟悉的，还是庭中栏角那个老地方，但在作者的笔下却被妆点得繁复而花俏了。作者把这栏杆一角，写成了“云破月来花弄影”的所在，用云、月、花作装饰，使得这个地方变得更加幽美。当然，对地点环境的描绘是为了给人物的活动作衬托，把情人的约会安排在花前月下，果然给作品增添了诗情画意。

角度新、笔触细，人物生动、语言精美，晏幾道驰骋才华，描绘他周围的莲、鸿、蘋、云等歌姬舞女的日常生活和内心世界，在这个狭小的题材范围之内，也写出了不少像《六么令》这样富有艺术魅力的好词。

（王双启）

更漏子

柳丝长，桃叶小。深院断无人到。红日淡，绿烟晴。流莺三两声。　　雪香浓，檀晕少。枕上卧枝花好。春思重，晓妆迟。寻思残梦时。

小词写春日闺思，风调闲雅，词情深婉，为闲情之作中的工于言情者。《花间》诸作中，亦有此情，亦有此景，但却没有小晏这种纯美的境界。陈廷焯《白雨斋词话》中称之“婉转缠绵，深情一往”，俞陛云《宋词选释》亦称其“景丽而情深，《金荃集》中绝妙词也”，皆非虚誉。

【鉴赏】

“柳丝长”三句，写深院中的景色，烘托春日寂静的气氛。柳树，垂下了长长的柳丝；桃树，也长出了小小的嫩叶。这阒寂的深院啊，终日没有人到来。“无人到”上加一“断”字，便有怨意，为结处写情作了铺垫。接着补写院中的景物：淡淡的红日照进院子里，浓绿的树丛笼罩着漠漠轻烟，传来了流莺三两声鸣啭。一“淡”字，写出春天初阳的特色。空中水气弥漫，故太阳淡而无光。绿烟，指草木间的烟霭。末句以莺声反衬深院的寂静。犹王维《过感化寺昙兴上人山院》诗“谷鸟一声幽”之意。上片写室外美好的春景。笔触轻倩，词语妍秀，在景物描写中自有人在，自有情在。

过片三句，转写室内的情景：她雪白的肌肤透出了浓香，脸上浅红色的娇晕也消退了——哎，那绣在枕头上的低压着枝梢的花儿多么美好！雪，喻女子莹白的肌肤；檀晕，浅红色的妆晕。上两句暗示闺人一夜独眠，辗转不寐，故妆残晕少。“枕上”句，隐喻闺人之美，故见枕上花枝而益增枨触。三句透露出许多字面之外的信息。语愈美，意愈深，情愈切，逼出篇末三句：“春思重，晓妆迟，寻思残梦时。”春思，犹言春情、春愁，指闺人在春日的情思。“晓妆”句，意与温庭筠《菩萨蛮》“懒起画蛾眉，弄妆梳洗迟”相近，而情韵似更胜，真能写得出“寻思”的神理。春日里，闲愁深重，起床后也迟迟不愿去梳妆——独个儿在寻思清晓的残梦。她梦到了什么？词中没有明说，也不必去明说，让读者一起去细细“寻思”，便有无穷的余味。也许是梦到所爱的人？也许是梦到旧日欢娱的情景？这些都在不言之中，而醒来只见到悄无人迹的深院，只听到撩人情思的莺声，那惆怅的情怀就更令人难堪了。本词结处，怨而不露，自觉动人。

（陈永正）

河满子

绿绮琴中心事，齐纨扇上时光。五陵年少浑薄倖，轻如曲水飘香。夜夜魂消梦峡，年年泪尽啼湘。　　归雁行边远字，惊鸾舞处离肠。蕙楼多少铅华在，从来错倚红妆。可羡邻姬十五，金钗早嫁王昌。

本词反映歌伎的不幸身世。首两句通过绿绮琴、齐纨扇传达出女子的幽怨，她的心情是借琴声曲曲传出的，一如小晏《菩萨蛮》所写的"哀筝一弄湘江曲，声声写尽江波绿。纤指十三弦，细将幽恨传。"齐纨扇，指歌舞时所持的团扇，"舞低杨柳楼心月，歌尽桃花扇底风。"公子王孙，征歌选色，纵情狂欢，真是所谓"肯爱千金轻一笑！"惜乎时光易逝，红颜难驻，一旦憔悴，就被遗弃，犹如秋扇见捐。古诗《怨歌行》云："新裂齐纨素，鲜洁如霜雪，裁为合欢扇，团团似明月。……常恐秋节至，凉飙夺炎热，弃捐箧笥中，恩情中道绝。"这大概就是琴中所诉述的心事吧。

接下去指斥了那些薄倖年少。五陵，本指汉代长安的长陵、安陵、阳陵、茂陵、平陵一带豪富聚居之地，这儿是借指。"浑薄倖"，形容那些贵游子弟，简直都是负心的无赖，他们轻薄浮浪，犹如水面浮花，倏尔远逝。"正忆玉郎游荡去，无寻处。"（顾敻《杨柳枝》）这里也透露出知音难求、终身无靠的苦闷。以下两句，使用典故，作出了概括。"夜夜"句用宋玉《高唐赋》巫山神女事。李商隐《无题》诗中有"神女生涯原是梦"之句，即由此而来，后来"神女"成为"青楼倡女"的同义语。"年年"句，则用张华《博物志》"舜

【鉴赏】

死，二妃泪下，染竹即斑。妃死为湘水神，故曰湘妃竹”(《初学记》卷二八引)之事，借以写出歌伎内心的痛苦。

下片承接上文，叙述歌伎在强颜欢笑中度过了青春时光，一旦容颜衰老，就此“门前冷落车马稀”，那种“五陵年少争缠头，一曲红绡不知数”的景况再也不会出现。“归雁”句，写她怅望长空，怀念远人，但见雁群排列成字，飞回南方，却收不到薄情郎的片纸只字。“惊鸾”为自喻。古时称妆镜为“鸾镜”。刘敬叔《异苑》载：“罽宾王有鸾，三年不鸣。夫人曰：‘闻鸾见影则鸣’，乃悬镜照之，中宵一奋而绝。故后世称为鸾镜。”这里说她揽镜自照，看到自己为相思所苦的憔悴容貌，十分惊忧。继而又联想起还有多少青楼女子，自恃丽质天成，引人爱慕，待到“暮去朝来颜色故”，只能独处神伤。铅华，本指搽脸之粉，曹植《洛神赋》云：“芳泽无加，铅华不御。”此处借喻浓妆歌伎。

末尾两句笔锋忽转，化用崔颢《古意》诗意：“十五嫁王昌，盈盈入画堂。自矜年最少，复倚婿为郎。舞爱前溪绿，歌怜子夜长。闲来斗百草，度日不成妆。”着意渲染了邻姬早嫁贵人、享尽荣华之可羡，以此作为衬托，使本词女主角沦落风尘的憔悴形象显得更为突出。

作者之父晏殊写过一首《山亭柳赠歌者》，内容与本词相似：“家住西秦，赌博艺随身。花柳上，斗尖新。偶学念奴声调，有时高遏行云。蜀锦缠头无数，不负辛勤。　　数年来往咸京道，残杯冷炙谩消魂。衷肠事，托何人。若有知音见采，不辞遍唱阳春。一曲当筵落泪，重掩罗巾。”全词以叙事为主，从歌者色艺超群、获得缠头无数的盛时写到她沦落江湖、残杯冷炙的暮年，并以知音难求、泪湿罗巾作结。在手法上与俗词接近。而这首《河满子》则与之完全不同，不直接叙事、不使用口语，而是运用典故，注意对称，如“魂消梦峡”与“泪尽啼湘”；并且雕琢刻镂，辞采华丽，如“绿绮琴中”与“齐纨扇上”；还求含蓄曲折，化用前人诗意，如“邻姬十五”、“早嫁王昌”。相比之下，二者在手法上可说是完全不同的，但是对于歌伎的悲惨遭遇，则都抱着同情的态度。

（潘君昭）

御街行

【原文】

街南绿树春饶絮，雪满游春路。树头花艳杂娇云，树底人家朱户。北楼闲上，疏帘高卷，直见街南树。　　阑干倚尽犹慵去，几度黄昏雨。晚春盘马踏青苔，曾傍绿阴深驻。落花犹在，香屏空掩，人面知何处？

此词写故地重游中恋旧的情怀，容易令人想起唐诗人崔护《题都城南庄》："去年今日此门中，人面桃花相映红。人面不知何处去，桃花依旧笑春风。"二者的心情颇类，但小晏词并不落崔诗的窠臼。

崔诗是从昔到今顺叙，此词却从眼前景象咏起，渐渐勾起回忆，是倒说。上片的开头与结句数字重复（"街南绿树"与"街南树"），颇为别致。细玩词意，原来前四句与后三句乃是倒装，重复处恰是衔接的标志。"街南绿树春饶絮"四句，是北楼南望中的景色和意想。正因鸟瞰，才能看得那样远，看得见成行的柳树和别的花树，看得见花絮红白相间织成的灿烂"娇云"，看得见漫天飞絮。这里，"雪满游春路"是由柳树"饶絮"而生的奇想，同时又点出"晚春"二字。至于"树底人家朱户"，当是从"树头"的空隙间隐约见之，它是掩映在一片艳花娇云之中的。把一种急切的寻寻觅觅的情态表现得非常传神。先写出鸟瞰画面，引起读者沉思，再推出人物楼头颙望的画面，使人感受渐趋明确。

【原文】

过片由景及情。词中人“阑干倚尽”，甚至在“几度黄昏雨”、“游春”的人们尽皆归去的时候，还不忍离开。“犹慵去”，是写情态，也是写心理。何以如此？紧接二句便是回答。“盘马”显然不是今日之事，“晚春”也不是眼前这个晚春，而“绿阴”“青苔”的所在，必定是“街南绿树”底下的那某个“人家”。要之，这里是词中人昔游之地。对景枨触如此，必有值得永久纪念的特殊情事。于是，词最后三句点睛：“落花犹在，香屏空掩，人面知何处！”较之“桃花依旧笑春风”之句，尤觉有花落人去之苦。此词把读者带到忆昔的刹那便止，留下了回味的余地。词中人只于北楼闲(空)望，原来他已经访过词中不曾出现的伊人了：断无消息，惟“香屏空掩”而已。那么“几度黄昏雨”或不限于一日，“北楼闲上”抚景怀旧或不止一度罢。

就字数而言，此词比崔诗超过一倍，而叙事成分仅及其半(它点出“人家朱户”，却未明言“去年今日此门中，人面桃花相映红”那样的情事)，其致力处乃在于通过写景来表现一种心境，这正是词体一般的特长，不同于崔诗；然而作者又通过“人面知何处”的字样巧妙借用了崔护诗意，对情事作了明确暗示，达到了含蓄有致，事简言丰的效果。

(周啸天)

破阵子

柳下笙歌庭院，花间姊妹秋千。记得春楼当日事，写向红窗夜月前。凭谁寄小莲？　绛蜡[①]等闲陪泪，吴蚕[②]到了缠绵。绿鬓能供多少恨？未肯无情比断弦。今年老去年。

【鉴赏】

〔注〕 ① 绛蜡：红烛。 ② 吴蚕：吴地之蚕。吴地蚕多，故称良蚕为吴蚕。唐李白《寄东鲁二稚子》："吴地桑叶绿，吴蚕已三眠。"李贺《春昼》："越妇支机，吴蚕作茧。"

晏幾道年轻时曾有过一段友朋长聚、诗酒欢娱的快乐时光，这段时光成为他小令创作的重要背景。他在《小山词》自序中说："始时，沈十二廉叔、陈十君宠家，有莲、鸿、蘋、云，品清讴娱客。每得一解，即以草授诸儿。吾三人持酒听之，为一笑乐。已而，君宠疾废卧家，廉叔下世，昔之狂篇醉句遂与两家歌儿酒使俱流传于人间。"晏幾道对"莲、鸿、蘋、云"等人的情感既有男女之情，亦有对往昔欢情的追忆，"感光阴之易迁，叹境缘之无实也。"

莲、鸿、蘋、云在他词中均反复出现，如写小云，"床上银屏几点山，鸭炉香过锁窗寒，小云双枕恨春闲。"(《浣溪沙》)"有期无定是无期，说与小云新恨也低眉。"(《虞美人》)写小鸿，"问谁同是忆花人？赚得小鸿眉黛也低颦。"(《虞美人》)写小蘋，"记得小蘋初见，两重心字罗衣。"(《临江仙》)写小莲尤多，"梅蕊新妆桂叶眉，小莲风韵出瑶池。"(《鹧鸪天》)"小莲未解论心素，狂似钿筝弦底柱。"(《木兰花》)"手捻香笺忆小莲，欲将遗恨倩谁传"(《鹧鸪天》)，等等。

这首《破阵子》写于"君宠疾废卧家，廉叔下世"之后，虽明写小莲，却是借小莲写莲、鸿、蘋、云，写逝去的欢情岁月。上阕叙事，首二句互文，全用实字，写柳下花间，处处留下笙歌阵阵和姊妹们在秋千上的依依笑语。"当日事"囊括前两句的"笙歌"与"秋千"。"春楼当日"是过去，"红窗夜月"则是现今。后三句写当日欢情早已烟消云散，莲、鸿、蘋、云也已归于他人，不知所踪，即使还记得当日的情景，然而又有何人能寄？

下阕抒情，写离散后的相思。"绛蜡"二句化用李商隐《无题》"春蚕到

【原文】

死丝方尽，蜡炬成灰泪始干”而加以创新，“等闲”与“到了”一虚一实，一描述现今一预计将来，即使无人可诉，无人能知，诗人仍然不改痴心，可谓一往有深情。后三句，“绿鬓”代指生命，“恨”指情感，一分痴情即消耗一分生命，即使如此，诗人宁肯为情感耗尽生命，也不愿像断弦一样无情割舍。弦断可续，情去难留。诗人不愿意割舍旧情，然而“今年老去年”，年年老去，岁月无多，即使永志不忘，此段痴情又能留于世间几时？冯煦《宋六十一家词选・例言》称晏幾道是“古之伤心人”，此词便可看出。

诗人的情绪从上阕的追忆伤感，过渡到下阕的缠绵悱恻，再到末句的焦虑与绝望，悲痛压倒缠绵，写出了一段无计可施、悲情难抑的痛苦，一唱三叹，摇曳顿挫，既显豁自然又宛转含蓄。晏幾道善于抒情，喜作丽语。“绛蜡”“绿鬓”青红相应，字面艳丽；“秋千”“夜月”“到了”“缠绵”双声叠韵，声律谐和；“笙歌庭院”与“姊妹秋千”、“春楼当日”与“红窗夜月”、“等闲陪泪”与“到了缠绵”对仗工整；“绿鬓能供多少恨”造句新颖，“供”字更是触目惊心。陈匪石《宋词举》中云：“小山多聪俊语，一览即知其胜。”这篇《破阵子》可谓通篇聪俊语，言语秾丽，情感深沉，具有鲜明的艺术魅力。

（孔燕妮）

少年游

离多最是，东西流水，终解两相逢。浅情终似，行云无定，犹到梦魂中。　　可怜人意，薄于云水，佳会更难重。细想从来，断肠多处，不与者番同。

【鉴赏】

此词抒离别怨情，章法最活。全词共三层。上片作两层比起。先以双水分流设喻："离多最是，东西流水。"以流水喻诀别，其语本于传为卓文君被弃所作的《白头吟》："躞蹀御沟上，沟水东西流。"第三句却略反其意，说水分东西，终会再流到一处，等于说流水不足喻两情的诀别，第一层比喻便自行取消。于是再设一喻："浅情终似，行云无定。"用行云无凭喻对方一去杳无信息，似更妥帖。不意下句又暗用楚王梦神女"朝为行云"之典，谓行云虽无凭准，还能入梦。将第二个比喻也予取消。短短六句，语意翻覆，不及写到"可怜人意"，已有柔肠百折之感了。

这里，有两点值得特别一提。其一，两层比喻均有转折而造句上均有所省略，"东西流水"与"行云无定"，于前句为宾语，于后句则为主语。即后句省略了主语。用散文眼光看来是难通的，即使在诗中这样的省略也不多见，而词中却常常有之。这种省略法不但使行文精练，同时形成一种有别于诗文的词味。其二，行云流水通常只作一种比喻，此处分用，"终解"与"犹到"在语气上有强弱之别，仿佛行云不及流水。故两层比喻似平列而实有层递关系，颇具新意。

过遍处将前二意合并，说："可怜人意，薄于云水"，同时就更进一层。流水行云本为无情之物，可是它们或终解相逢，或犹到梦中，似乎又并非一味无情。在苦于"佳会更难重"的人儿心目中，人情之薄岂不甚于云水！翻无情为有情，原是为了加倍突出人情之难堪。最后的沉痛情语也就顺势迸发而出：仔细回想，过去最为伤心的时候，也不能与今番相比呢！"细想"二字，是抒情主人公直接露面。而经过三重的加倍渲染，这样明快直截的内心独白中，自觉有充实深厚的内蕴。

《少年游》是重头词，它不仅上下片格式全同，有一体（例如此词）每片也由相同的两小节（以韵为单位）构成。作者利用调式的这一特点，上片作两层比起，云、水意相对，四四五的句法相重，递进之中，有回环往复之致。而下片又更作一气贯注，急转直下，故绝不板滞。恰如近人夏敬观所评："上分述而又总之，作法变幻。"

（周啸天）

虞美人

曲阑干外天如水，昨夜还曾倚。初将明月比佳期，长向月圆时候望人归。　　罗衣著破前香在，旧意谁教改？一春离恨懒调弦，犹有两行闲泪宝筝前。

这首词写的是怀人怨别的传统题材，在刻画女主人公的行动和心态时，却很有艺术特色。上片四句，描述她倚阑望月，盼人归来之情。"曲阑干外天如水，昨夜还曾倚。"这两句主写倚阑，而写今夕倚阑，却从"昨夜曾倚"见出，同样一句词，内涵容量便增加一倍不止。——既然连夜皆倚阑而望，当还有多少个如"昨夜"者的哩！"天如水"，比喻夜空如水般明澈与清凉，可是其意不在于写天，而在于以明净的天空引出皓洁的明月。这与柳永《二郎神》咏七夕的"天如水、玉钩遥挂"，把"天如水"设置为月的背景，用意相同；但"明月"到隔句才出现，这关系却一时不易觉察。倚阑望月，若止于直说怀人，也还是平平无奇。曹植《七哀》诗早已说道："明月照高楼，流光正徘徊。上有愁思妇，悲叹有余哀。"岂不正是写思妇对月怀人吗？古已有之了。"太阳底下无新事物"，可是会有新的表现方式或者特别手法，令它说得与众不同。词中就这样来写女主人公的对月怀人："初将明月比佳

期，长向月圆时候望人归。”男子去后一直不回来，也没说准什么时候回来，她结想成痴，就相信了传统的或当时流行的说法——月圆人团圆，每遇月圆，就倚阑苦望。唐吴兢《乐府古题要解》说古绝句《藁砧今何在》云：“……‘何当大刀头’，刀头有环，问夫何时当还也；‘破镜飞上天’，言月半当还也。”一月之半即是月圆之夕，言夫“当还”，可见这种说法也是由来已久。但如此预言毕竟是虚妄难凭。词中写女主人公倚阑看月，从希望到绝望，有其独到之处。“初将”是说“本将”，这一语汇，便已含有“后却不然”的意味。下面却跳过这层意思，径写“长望”，其中自有一而再、再而三以至多次的希望和失望的交替，在不言之中。“初”字起，“长”字承转，两个是要紧的字眼，括尽一时期以来望月情事，从中烘托出女主人公的痴情和怨意。

下片四句，抒写不幸被弃之恨，与上片的真诚信托、痴情等待形成强烈的对照。“罗衣著破前香在，旧意谁教改”？从等待无望而终于悟知痴想成虚。“罗衣著破”，是时长日久；“前香在”，则以罗衣前香之犹存比喻往日欢情的温馨难忘，委婉表达对旧情的缱绻眷恋。然而旧日的情意，是谁使它这么容易就改变呢？“旧意谁教改”？问语怨意颇深。人情易变，不如前香之尚在；易散之香比人情还要持久，词中女主人公感到深深的痛苦。最后结以“一春离恨懒调弦，犹有两行闲泪宝筝前”二句，点出全词的“离恨”主旨，以“一春”写离恨的时间久长，以“懒调弦”、“两行闲泪”形容离恨的悲苦之深。用笔有回环往复之妙。

这首词没有华丽的词藻，深曲的典故，也没有奇特的结构和想象，只是通过抒情主人公把个人的身世遭遇，短暂的欢乐与无法摆脱的悲哀，用浅近而真挚的语言，反反复复向读者诉说，使人心醉神迷，为之低徊不已。深一层体味全词，似觉不只是抒写离恨闺情，因为“善言词者，假闺房儿女子之言，通之于《离骚》、变雅之意”（朱彝尊《陈纬云红盐词序》），在作者着意刻画的这一女子形象中，隐然蕴含自伤幽独之感。筝弦懒调，闲泪自坠，也自寓有“不惜歌者苦，但伤知音稀”（《古诗十九首》）的哀伤。小晏落拓一生，华屋山邱，身亲经历，人情冷暖，世态炎凉，在他的心灵上留下了难以磨灭的创痕。这首词里的“罗衣著破前香在，旧意谁教改”，都在抒写儿女之情中拌和着身世浮沉、世情翻覆的感慨。

（钟　陵　陈长明）

虞美人

一弦弹尽仙韶乐[①]，曾破[②]千金学。玉楼银烛夜深深，愁见曲中双泪、落香襟。　　从来不奈[③]离声怨，几度朱弦断。未知谁解赏新音，长是好风明月、暗知心。

〔注〕 ① 韶：古乐名，传说舜帝所造。有九章，故亦名“九韶”。《论语·述而》：“子在齐闻《韶》，三月不知肉味。”《礼记·乐记》郑玄注：“《韶》，舜乐名，言能继尧之德。” ② 破：花费。 ③ 不奈：无奈。白居易《惜落花赠崔二十四》：“漠漠纷纷不奈何，狂风急雨两相和。”

此词写一位乐妓感伤知音难求。上阕第一句极写乐妓的技艺之高，不仅能弹奏“仙韶乐”，而且“一弦弹尽”。《礼记·乐记》载：“昔者，舜作五弦之琴，以歌《南风》。”可见这位乐妓弹奏的乐器是古琴。第二句中的“千金”对应“一弦”，说明这种技艺来之不易。然而花费了这么大的代价，学会了这么高的技艺，真的能找到知音么？未必。后三句描述乐妓的居所和情态。她孤独地居住在“玉楼”之中，直到深夜也无法入眠，独自弹奏着曲子，忍不住泪落衣襟。她彻夜弹奏是为了什么？过片给出了答案。原来是曲子中的离愁别绪感染了她，令她心情激荡，几乎弹断了琴弦。此处“几度朱弦断”既可视为和“一弦”“千金”一样的夸张，也可视为实写。演奏者因为情绪激动而用力不均、弹断琴弦之事在现实中时有发生，不能一概视为夸张。孔子闻《韶》，三月不知肉味，可见音乐感人之深。况且词中的乐妓“从来不奈离声怨”，可见十分易感，那么弹断琴弦也是情理中事。这既表明她的情绪始终处于抑郁之中，也暗示了无人倾听，她不必考虑听者的感受而一味用力弹奏的情状。后三句写明了不遇知音，只有清风明月能陪伴她，暗暗知晓她的心意。

回到开头，“仙韶乐”既是夸张描述乐妓的技艺之高，也是为下文“离声”张本。传说舜帝和两位妻子娥皇、女英感情笃厚，琴瑟和谐，舜帝死后，二人投水殉情，因此舜琴在古诗中也常和相思离别联系在一起，如鱼玄机《情书》：“秦镜欲分愁堕鹊，舜琴将弄怨飞鸿。”韦庄《悼亡姬》诗：“湘江水阔苍梧远，何处相思弄舜琴。”乐妓所感的“离声”，想必也是此类相思怨慕之调。然而舜帝鼓琴，有娥皇、女英在旁，乐妓的琴声却无人倾听，只有明月为之徘徊，清风为之鼓动。此情此景，孤独寂寞固然令人难堪，更难堪的是人生价值的落空。要知道作为乐妓，以音乐打动人心乃是她的本职，无人倾听，无人解赏，乃是从根本上否定了她的人生价值，这是比孤独寂寞深重得多的悲哀。《古诗十九首·西北有高楼》中：“不惜歌者苦，但伤知音稀。”正是此意。诗中尚有人能听到歌者的声音，理解她的心意，“愿为双鸿鹄，奋翅起高飞”，这首词中的乐妓却是彻底孤独的。

晏殊有首《山亭柳赠歌者》：“家住西秦，赌博艺随身。花柳上，斗尖新。偶学念奴声调，有时高遏行云。蜀锦缠头无数，不负辛勤。　数年来往咸京道，残杯冷炙谩消魂。衷肠事，托何人？若有知音见采，不辞遍唱阳春。一曲当筵落泪,重掩罗巾。"与此词同调,只是情绪更为激烈。从古至今知音难求,无人解赏固然"泪落香襟",有人知音更要"当筵落泪",此中无他,渴求他人的尊重与承认、追寻人生价值的实现乃是人类最深层的心理需求。晏幾道出身名门,怀才抱志而一生未得机会展现才华,正如词中技艺高超的乐妓无人解赏一样,他能写出这样含蓄委婉而寓意沉重的词作也就不足为怪了。

(孔燕妮)

采桑子

西楼月下当时见,泪粉偷匀。歌罢还颦。恨隔炉烟看未真。　　别来楼外垂杨缕,几换青春。倦客红尘,长记楼中粉泪人。

西楼,是小晏难以忘怀之地;楼中人,更是小晏难以忘怀的人。他一再幽婉地唱道:"别来长记西楼事"(《采桑子》)、"谁堪共展鸳鸯锦,同过西楼此夜寒"(《鹧鸪天》)、"西楼别后,风高露冷,无奈月分明"(《少年游》)、"西楼题叶,故园欢事重重"(《满庭芳》),可知西楼在小晏的"故园"汴京,也是当时欢会之地。那是一次夜间的宴集,词人在月下与她相见——她正偷偷地抹干珠泪,重整铅华。"泪粉偷匀",初次见面的印象是最深刻的,也许是终身不忘的,何况那是一位正在流泪的姑娘!"匀",谓匀粉,把脸上的粉搽匀。"偷匀"二字,中含几许辛酸。"歌罢还颦",她匀脸后还要继续唱歌,唱完了歌却又皱着眉头,郁郁不乐——可惜我隔着袅袅的炉烟,未能看得真

切。“看未真”三字，意味深长。其实，淡薄的香烟，哪能阻隔人的视线呢！词人所“恨”的只是坐处与她隔开，未得亲近，尤其是无法知道她为什么流泪悲伤。上半阕着力在“泪”字与“颦”字。歌女的凄凉身世，痛苦心情，词人对她的同情和爱慕，都在这里表达出来了。如俞陛云所说的：“不过回忆从前，而能手写之，便觉当时凄怨之神，宛呈纸上。”（《宋词选释》）作者尚有一首《采桑子》词云：“非花非雾前时见，满眼娇春。浅笑微颦。恨隔垂帘看未真。”词语虽与本词相近，而用意却别。“娇春”、“浅笑”，词虽美而意浅，纯为冶游之作，格调则远逊了。

下半阕写别后相思。自从一别之后，想那楼外的缕缕垂杨，又几度在春天更枝换叶。“垂杨”，在旧体诗词中，往往有着各种特殊的象征意义。古来有折杨柳赠别的习俗，因而见到杨柳便使人联想到别离；杨花柳絮，飘飏无定，又使人联想到身世的漂泊无依。“几换青春”，犹言过了几个春天。欧阳修《朝中措》词：“手种堂前垂柳，别来几度青春。”青春，指春季，春季草木由枯而绿，故云青春。在词中说青春几回更换，语意双关，亦暗示人的年华渐老。“倦客红尘”，犹言红尘中之倦客，词人自谓。上与“别来”“几度青春”相应，飘零岁久，故云“倦客”；下连“长记楼中粉泪人”。“红尘”对照“楼中”，“倦客”对照“粉泪人”；处境不同，命运岂异？都是“伤心人也”（冯煦《六十一家词选例言》评晏幾道语），宜乎每思身世，辄念彼人，是所谓“长记”！“楼中粉泪人”，篇首所写初见时歌女形象，至此特再大书一笔，不但在词的作法上做到首尾相应，思想感情上也是以初见时她的“泪粉偷匀”的情景为最撼动人心，因而别来长记不忘。词人下此一句，是哀人，还是自哀，亦浑不可辨，真是令人“掩卷怃然”（《小山词·自序》中语）。

（陈永正）

【原文】

采桑子

心期[1]昨夜寻思遍，犹负殷勤。齐斗堆金，难买丹诚[2]一寸真。

须知枕上尊前意，占得长春。寄语东邻[3]，似此相看有几人。

〔注〕 ① 心期：期许，相思。 ② 丹诚：赤诚之心。《三国志·魏书·陈思王植传》："承答圣问，拾遗左右，乃臣丹诚之至愿，不离于梦想者也。" ③ 东邻：宋玉《登徒子好色赋》："楚国之丽者，莫若臣里，臣里之美者，莫若臣东家之子。……然此女登墙窥臣三年，至今未许也。"后常以"东邻"指代美女。骆宾王《咏美人在天津桥》："美女出东邻，容与上天津。"李白《白纻辞》："扬清歌，发皓齿，北方佳人东邻子。"

此词是一首赠妓词，从热恋中的男子角度写两情相悦的美妙感触。上阕写主人公一夜思量，深觉情人殷勤太甚，简直无以为报，即使堆了满斗黄金，也难以买到像她这样的一片真心。"堆金"与"丹诚"相对，"齐斗"与"一寸"相对，齐斗堆金而难买一寸丹诚，足见真心难得。女诗人鱼玄机《赠邻女》诗曰："易求无价宝，难得有心郎。"而对男诗人来说，同样也是"易求无价宝，难得有心人"。

下阕以"占得长春"说明二人感情深厚，已经山盟海誓。"枕上尊前"点名了女子的身份。她是一位青楼女子，但她性情坚贞，和男主人公深深地相爱，不因任何事而改变初衷。末句感慨像他们这样感情深厚的情侣世间少有，那位宋玉《登徒子好色赋》中登墙窥探的"东邻"女子也只能徒生羡慕罢了，因为他就像那位忠贞的丈夫一样，是绝对不会因美色而变心的。

此词的特点是在叙事中抒情，不直写，而是从旁暗示二人的感情深厚。金钱无法买动女子的真心，而美女也无法使男子见异思迁，世间最能打动人心的事物对他们的爱情构不成丝毫威胁。这是其一。男子整夜寻思，总觉得无论如何回报，都似乎辜负了情人的一片深情，这种自卑感是真心相爱的情侣才会有的心理细节。这是其二。沈约《六忆诗》曰："勤勤叙别离，慊慊道相思。相看常不足，相见乃忘饥。"正与此词同调。相见时万般殷勤，怎么表达相思都觉得不足，怎么看对方都觉得不够。这种殷勤相待、真诚相对、缱绻相处、珍重相看的情形，从古至今，凡是热恋中的人们都能够领会。因此这首词虽然是千年前的作品，而当今的读者依然能体会它的妙处。

（孔燕妮）

留春令

画屏天畔，梦回依约，十洲云水。手撚红笺寄人书，写无限伤春事。　　别浦高楼曾漫倚。对江南千里。楼下分流水声中，有当日凭高泪。

写与意中人别后的怀思，落笔便出奇想——画屏中的风景，仿佛远在天边；残梦初回，依稀犹见那十洲的行云流水。小晏词多写梦境，而此词却写梦回之后，梦里的情景只从侧面写来，便留给读者思考的余地：词中抒情主人公无望的追求，痛苦的思念，都在不言之中了。近在咫尺的屏风，在迷离中居然看成像天般遥远。一实一虚，一近一远，通过这强烈的对比，表达

【鉴赏】

了对情人远别的怀思，意境比《蝶恋花》词“斜月半窗还少睡，画屏闲展吴山翠”更深一层。“十洲”，是仙人所居、人迹罕至之地。托名为汉东方朔撰的《十洲记》载，在八方大海中，有祖洲、瀛洲、玄洲、炎洲、长洲、元洲、流洲、生洲、凤麟洲、聚窟洲。词中例以美人为仙，美人所居为仙境，此暗指所思念的人的居处。十洲是仙灵境界，凡人无法到达的地方，只有在梦中才能前往。作者《清平乐》词也有句云：“正在十洲残梦，水心宫殿斜阳。”与此同意。梦醒后，看到屏风上画着的山山水水，犹疑是梦中所历，更写出梦境的虚幻和醒后的怅惘，真是妙有远神，令人掩抑低徊不已。仅起头三句，意已甚妙。紧接两句：我手执着红笺——那是准备寄给她的书信——上边写有无限的伤春心事。作者《鹧鸪天》词：“手撚香笺忆小莲，欲将遗恨倩谁传？”《清平乐》词：“红笺小字，说尽平生意。鸿雁在云鱼在水，惆怅此情难寄。”写的是两人隔绝，水遥山远，此时相望，何止天涯！好梦无凭，红笺难寄，这相思之情，又怎能够排遣！把寄人的红笺与十洲的残梦联系起来，创造出情景交融的境界，表现了词人苦恋的情怀，具有很强的艺术感染力。

下片写对往事的回忆：我也曾无聊地独倚高楼——正在两人分别的水边——面对着辽阔的千里江南之地。这里所写的不是昔时相聚的欢娱，而是别后的思念，脱出词家惯常用的上下片对比的手法，感情便越觉沉厚。结两句“楼下分流水声中，有当日凭高泪”，进一步写倚楼时的怀思。杨慎《词品》引晁元忠诗：“安得龙湖潮，驾回安河水。水从楼前来，中有美人泪。人生高唐观，有情何能已！”并认为小晏此词“全用其语”；郑文焯又谓此二语“亦袭冯延巳《三台令》‘流水，流水，中有伤心双泪’”，并贬斥小晏词“乏质茂气”。杨、郑之论，苛责古人，未免不公。小晏此词，浑金璞玉，秀韵天然，非徒以片言只语见工者。且晁元忠的辈分晚于小晏，小晏怎能预用其语？晏词此句，着意在“分流”二字。古乐府《白头吟》：“躞蹀御沟上，沟水东西流。”以水东西分流，喻人们一别之后不再相见。人倚高楼，念远之泪却滴向楼下分流的水中，如果要说是承袭冯词，那也是青出于蓝了。

（陈永正）

清商怨

庭花香信[1]尚浅，最玉楼先暖。梦觉春衾，江南[2]依旧远。　　回文锦字[3]暗剪，漫寄与、也应归晚。要问相思，天涯犹自短。

〔注〕 ① 香信：即花信，花期之意。花信尚浅，是说离开花时日尚早。② 江南：南朝梁柳恽《江南曲》："汀洲采白蘋，日落江南春。洞庭有归客，潇湘逢故人。故人久不返，春华复应晚。不道新知乐，空言行路远。" ③ 回文锦字：前秦窦滔因罪被徙流沙，其妻苏氏思之，织锦为《回文旋图诗》以赠，宛转循环以读之，词甚凄惋。后以此代指夫妻书信。

这是一首典型的思妇词。上阕第一句点明时节。"庭花香信尚浅"，可见时节正是早春，花尚未开。第二句"最玉楼先暖"点明地点。思妇居住在楼中，因为身在高处而分外能体会到时节变迁的细微征兆。虽然尚未开花，然而她已经感觉到了春天的气息。不仅是"春江水暖鸭先知"，因为长久离别而对外界环境特别敏感的人来说，她们同样也能体会到肉眼难以辨别的细微春意。身体的敏感来自心灵的敏感。三、四句写她从梦中惊醒，和心上人依旧天各一方。"江南"二字说明了梦的内容，思妇在梦中到了江南与丈夫团聚，然而醒来江南依旧在遥远的地方。"依旧"说明了这种梦是时常有之，可见思妇思念之深。

过片用"回文锦字"的典故点明主题，思妇写信寄于远人，同时意识到

【原文】

即使能够寄给他，等他归来的时候也已经晚了。此处一则呼应上阕的“江南依旧远”，二则呼应首句“庭花香信尚浅”。此时尚是早春，等远人归来之时，恐怕早已繁花落尽，而自己的青春年华也要同春天一般过去了。《古诗十九首·冉冉孤生竹》：“伤彼蕙兰花，含英扬光辉。过时而不采，将随秋草萎。”明白说出了此词中的思妇未曾说出的话。后二句以天涯比相思，《古诗十九首·行行重行行》曰：“相去万余里，各在天一涯。”天涯固然邈不可见，然而比起自己的相思来说却要短得多。晏殊《玉楼春》词：“天涯地角有穷时，只有相思无尽处。”与此同意。

此词通过描写思妇的心态与感受，抒发了痛苦的相思之情，然而却是哀而不伤，怨而不怒。她不像柳恽《江南曲》中的那位妻子一样，说出“不道新知乐，空言行路远”的诛心之论，也不像《古诗十九首·冉冉孤生竹》里的那位妻子一样自我安慰，“君亮执高节，贱妾亦何为！”她只是温柔地表达自己的情感，“要问相思，天涯犹自短。”然而和揣测丈夫迟归的原因“江南依旧远”对照起来，男子因为路远而迟迟不归，女子的相思却比天涯更短，这样的对比曲折而深婉，在无言之中表达了怨慕之情。“尚浅”与“归晚”相对，“依旧远”与“犹自短”相对，处处照应，处处伏笔，可谓曲笔深思，温婉含蓄。这首词并不出名，却体现了晏幾道词情婉丽的风格特征和精雕细琢的艺术追求，正所谓“淡语皆有味，浅语皆有致。”

（孔燕妮）

思远人

红叶黄花秋意晚，千里念行客。飞云过尽，归鸿无信，何处寄书得？　　泪弹不尽当窗滴。就砚旋研墨。渐写到别来，此情深处，红笺为无色。

此首调名与词题合。小晏词多用直笔朴语，不加掩饰，不事雕琢，真情自然流露，故陈廷焯谓其“情溢词外，未能意蕴其中”（《白雨斋词话》）。此词则用笔甚曲，下字甚丽，宛转入微，味深意厚，于小晏为另一机杼。其实，无论是淡语浅语，还是丽句秾辞，只要有一片真情充溢其中，便可具回肠荡气的情致，何况小晏在含蓄深婉之中仍保持其纯朴真挚的特色呢！

起两句，写林叶转红，菊花开遍，又到了晚秋时候，闺中人不禁想念起远隔千里的行客来了。因感秋而怀远，点出主题。——“晚”字，暗示别离之久，“千里”，点明相隔之远。两句交代了时间和空间，给下文留了铺展的余地。“飞云过尽，归鸿无信”，两句是客；“何处寄书得”，此句是主。鸿雁，随着天际的浮云，自北向南飞去。闺中人遥望渺渺长空，盼望归鸿带来游子的音信。“过尽”，已极写其失望之意了，由于“无信”，便不知游子而今所在，自己纵欲寄书也无从寄与。愈是失望，怀念愈是深切。

过片二句，语虽承上而意忽转折。弹洒不尽的那两行珠泪，还当窗滴下来——滴进了砚台中，就用它来研磨香墨。本来上片说到无处寄书，似乎已把话讲死了，下片一转，出人意表，另开思路。而这转折，却又是顺理成章的：正因无处寄书，更增悲感而弹泪，泪弹不尽，而临窗滴下，有砚承泪，遂以研墨作书。明知书不得寄，仍是要写，一片痴情，惘惘不甘，用意尤其深厚。孟郊《归信吟》有“泪墨洒为书”之语，炼意极精，每为后人所袭用，小晏词亦本此，而情真意足，写出小儿女的情态，巧而不纤，较诸“和泪濡墨”的套语自有深浅真伪之别。“渐写到别来，此情深处，红笺为无色。”收语尤令人叫绝。闺人此时作书，纯是自我遣怀，她把自己全部的内心本质力量投进其中，感情也升华到物我两忘的境界。陈匪石《宋词举》有一段极为透辟的分析："'渐'字极宛转，却激切。'写到别来、此情深处'，墨中纸上，情与泪粘合为一，不辨何者为泪，何者为情。故不谓笺色之红因泪而淡，却谓红笺之色因情深而无。"无论是泪、墨、红笺，都融进闺人的深情之中，物与情已浑然一体。全词就"寄书"二字发挥，写以泪研墨，泪滴红笺，情愈悲而泪益多，竟至笺上的红色褪尽。语似极无理，然将闺人心事，扑入毫端，于无理中有至理存焉。用夸张的修辞方法，逐步托出感情的深化过程，这种手法在小晏词中并不多见。唐圭璋《唐宋词简释》称其"痴人痴事"、"慧心妙语"，可作总评。

（陈永正）

长相思

长相思，长相思。若问相思甚了期，除非相见时。　　长相思，长相思。欲把相思说似谁，浅情人不知。

梁、陈乐府，多取古诗"长相思"三字作起句，调名本此。此词纯用民歌体裁，语语质直，全是小儿女口吻。语极浅近，情极深挚，在朴直中自饶婉曲之致，非至情者不能道。全词八句，而"相思"一语竟重复六遍，不嫌其复，且觉越转越深，荡气回肠，音节尤美，此等句法，是不易学步的。

长久的相思啊，长久的相思。如果要问，这相思什么时候才能了结——除非是相见的时候。上片四句，一气流出，情溢乎辞，不加修饰。"若问"两句，自问自答，痴人痴语。要说"相见"是解决"相思"的唯一办法，这纯是傻里傻气的废话，可是，我们的小晏却认认真真地把它说了出来，正是如黄庭坚《小山词序》所云“其痴亦自绝人”。

相见，真的能了结相思之苦吗？可是，“欲把相思说似谁，浅情人不知。”这是比相思不相见更大的悲哀！“说似谁”，犹言说与谁、向谁说。纵使把相思之情说了出来，那浅情的人儿终是不能体会。浅情是深情的对面，懂得“深情”的含义就懂得“浅情人”是什么了。多情的小晏却总是碰到那样的人，他不由得深深叹息了：“相逢欲话相思苦，浅情肯信相思否？还恐漫相思，浅情人不知”（《菩萨蛮》）、“懊恼寒花暂时香，与情浅人相似”（《留春令》）、“别来久，浅情未有、锦字系征鸿”（《满庭芳》）。小晏平生，“人百负之而不恨，己信人终不疑其欺己”（黄庭坚《小山词序》），可是，当那人交暂情浅，别后又杳无音信，辜负了自己的刻骨相思时，词人依然是一往情深，不疑不恨，只是独自伤心而已。下片四句，以“浅情人”反衬，小晏相思苦恋之情，至此全出。

陈廷焯《词则·闲情集》评此词云：“此为小山集中别调，而缠绵往复，姿态有余。”可为确论。

（陈永正）

醉落魄

天教命薄，青楼占得声名恶。对酒当歌寻思着。月户星窗，多少旧期约。　　相逢细语初心[1]错，两行红泪[2]尊前落。霞觞[3]且共深深酌。恼乱春宵，翠被都闲却。

〔注〕 ① 初心：本意，当初的想法。 ② 红泪：晋王嘉《拾遗记》载，魏文帝所爱美人薛灵芸，“闻别父母，歔欷累日，泪下沾衣。至升车就路之时，以

玉唾壶承泪，壶则红色。既发常山，及至京师，壶中泪凝如血”。后泛称女子的眼泪为红泪。　③ 霞觞：酒杯。唐曹唐《送刘尊师祇诏阙庭三首》：“霞觞共饮身虽在，风驭难陪迹未闲。”

【鉴赏】

这是一首描写歌妓悲惨生活的词作。晏幾道常年留恋歌酒，和不少青楼女子有过接触，他除了在词中歌咏她们的容貌才艺，抒发相思与离愁之外，也有一部分词对她们的不幸遭遇寄予了真挚同情。

上阕首句劈空而来，“天教命薄”，女主人公自伤自叹。她被命运抛入风尘之中，从此失去了自由选择生活的权利，只能在年复一年的迎来送往中强颜欢笑，落得个“声名恶”。第三句“对酒当歌寻思着”，女主人公与客人欢歌醉饮，内心却十分痛苦。她想到自己也曾在“月户星窗”下有过真挚的爱情，但现在那些都已经一一落空，成了褪色的“旧期约”罢了。

过片转入具体。她回忆起当初相逢时的山盟海誓，恍然觉得那时的想法都是错的。到底“初心”为何，作者并未写出。她也许是后悔错付了真情，也许是激愤情人的变心，也许是自伤妄想太甚，也许是遗憾未能及时抽身。总之她陷入了伤感与痛苦之中，两行眼泪在酒杯前落下。此时客人已经离去，她独自饮酒消愁，在寂寞的春夜迟迟不眠。

此词的结尾别有深意。“恼乱春宵，翠被都闲却。”一个“闲却”透露出和之前的自怨自艾截然不同的情绪。“翠被”呼应了“霞觞”。女主人公虽然在爱情中受了伤，但并未死心，还在期盼着一段新的爱情生活，这为整首词添上了一抹光明与亮色。悲惨生活并未完全磨灭女主人公的生命热情，她仍然抱着一线希望在挣扎，并未对命运完全绝望。也许是她还年轻，也许她渴望爱情的念头太过强烈，原因为何，作者也并未写出。但从他的遣词造句来看，无论是“对酒当歌”的日常行为还是“月户星窗”的外部环境，都可看出他对女主人公的这种生活是理解和尊重的，并不因为她对爱情不停歇的渴求而加以轻贱。

此词虽然以歌妓为描写对象，却对女主人公的外貌技艺不着一词，重点全在对她曲折的内心情感的描述上，这在同类词作中并不多见，也证明了晏幾道是真正将歌妓作为一个活生生的人来描写，而并非美貌的玩物。

（孔燕妮）

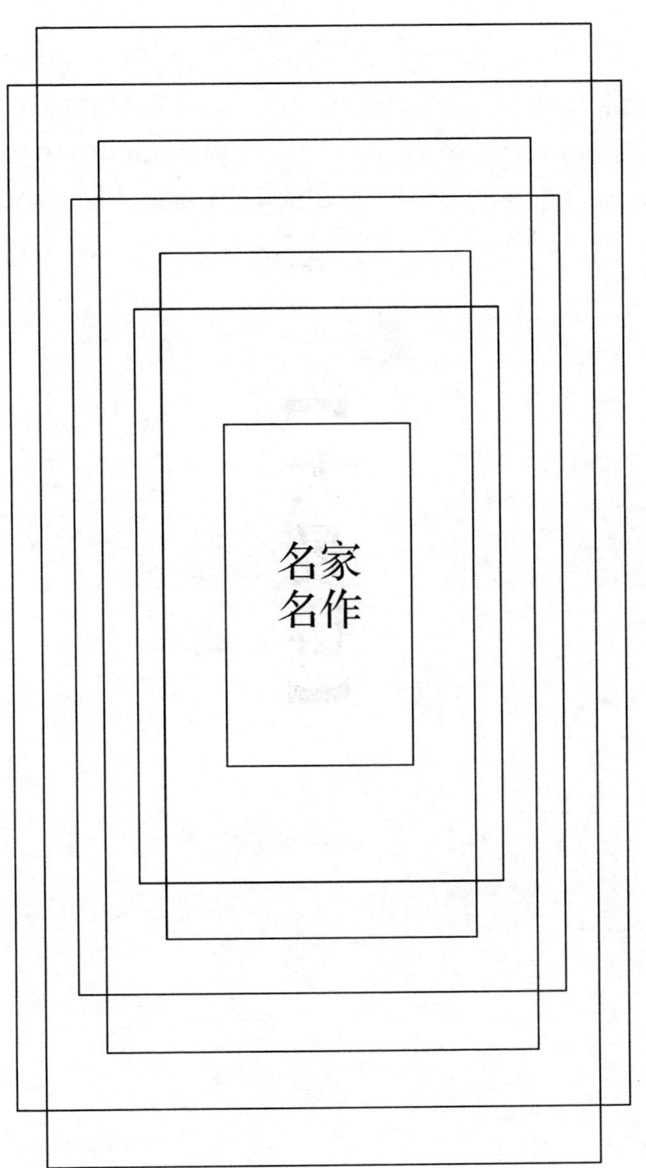

名家名作

周汝昌 缪钺 刘逸生 叶嘉莹 刘学锴 徐培均 余恕诚 周啸天等撰写

【大晏诗】

【原文】

无　题

油壁香车不再逢，　峡云无迹任西东。
梨花院落溶溶月，　柳絮池塘淡淡风。
几日寂寥伤酒后，　一番萧索禁烟中。
鱼书欲寄何由达？　水远山长处处同。

此诗无题，一作《寓意》。无题，故隐其题；寓意，寄托其意。总之，一段幽怨难以明说，是一首含蓄的爱情诗。

首联飘忽传神。一开始出现的便是两个瞬息变幻的特写镜头："油壁香车"轫辘而来，又骤然消逝；一片彩云刚刚出现而又倏忽散去。写的都是物象，却半隐半露，寄寓了一段爱情周折，揭示主旨。"油壁香车"，是古代女子所坐的装饰精美的轻便小车，指代女子。车是这样的精美，则车中人的雍容妍丽，可以想见。然而这样一位美人却如巫山之云，来去无踪，重逢难再，怎不令人怅惘！"峡云"暗用楚襄王和巫山神女梦中相会的美丽传说，渲染浓密的爱情气氛。但"云雨巫山枉断肠"，毕竟是一场虚妄。前句写人间，写现实；后句写天上，写梦幻。首联写得兴象玲珑，清新流丽。

颔联景中有情。"梨花院落"、"柳絮池塘"，描写了一个华丽精致的庭院。宋葛立方说："此自然有富贵气。"(《韵语阳秋》卷一)反映出诗人的高贵身份。"溶溶月"、"淡淡风"，是诗人着意渲染的自然景象。这两句互文见义：院子里、池塘边，梨花和柳絮都沐浴在如水的月光之中。阵阵微风吹来，梨花摇曳，柳条轻拂，飞絮萦回，是一个意境清幽、情致缠绵的境界。大概是诗人相思入骨，一腔幽怨无处抒写，又适值春暮，感时伤别，借景寄情；或是诗人触景生情，面对春宵花月，情思悠悠，过去一段幽情再现。这里展现的似乎是实景，又仿佛是一个幻觉。诗人以神取景，神余象外。可谓"不着一字，尽得风流"(司空图《诗品》)。

颈联"几日寂寥伤酒后，一番萧索禁烟中"，写眼前苦况，欲遣不能。多少日子以来只凭杯酒解闷，由于饮得过量，形容憔悴，心境凄凉。"伤酒"两字，诗人颓唐、沮丧的形象可见。目前又是寒食禁烟之际，更添萧索之感。

末联宕开一笔，由设问自答作结，深化了主题。诗人似乎想从悱恻的感伤中挣脱出来，探索寄书的途径，去寻觅失去了的爱情。但问得深切，答得无情。"水远山长处处同"一句，乃斩钉截铁之语，如瓶落井，一去不回。原来摆在诗人面前的不是一般险阻，而是永远冲不破的障碍。这两句看似寻常平直，却是全诗中决绝语，最为沉痛哀怨。晏殊在《鹊踏枝》词中有"欲寄彩笺无尺素，山长水阔知何处?"说的情景与本诗类似，都有一种难言之隐。但本诗寓意更深。"知何处"，一切尚在不解之中，使人感到怅惘；"处处同"则已无疑可置，只有绝望之情。这种情绪在首联已暗暗流露，然后曲折道出，由结句点破，情长怨深。"处处同"三字弦外有音，寻绎其意，乃人事阻隔，才处处有碍，无路可通。此联"妙在能使人思"(锺惺《古诗归》)。

此诗通篇运用含蓄手法，"意在言外，使人思而得之。"(司马光《迂叟诗话》)"怨别"乃全诗主旨。字面上不著一"怨"字，怨在语言最深处。"不再逢"、"任西东"，怨也；"溶溶月"、"淡淡风"，怨也；"寂寥"、"萧索"、"水远山长"，无一不怨。"处处同"则是怨的高潮。章节之间起承转合，首尾呼应也都以"怨"贯串，此其一。其二，含蓄又通过比拟手法表现出来。"油壁香车"、"峡云无迹"、"水远山长"，托物寓意，言近旨遥，"婉转附物，怊怅情切"(《文心雕龙》)。其三，写景寄兴，"梨花"、"柳絮"二句出之以景语，却渗透、融汇了诗人的主观情绪，蕴藉传神。

晏殊被称为富贵闲人，然而他的诗在富贵气中却有缠绵悱恻的情致。

（许理绚）

示张寺丞王校勘[①]

元巳清明假未开，　小园幽径独徘徊。
春寒不定斑斑雨，　宿醉难禁滟滟杯。
无可奈何花落去，　似曾相识燕归来。
游梁赋客多风味，　莫惜青钱万选才。

〔注〕 ① 寺丞：即太常寺丞。太常寺，掌宗庙祭祀之事。寺丞为主官之佐贰，亦为内部事务官性质。校勘：指崇文院校勘，掌图书著作之事，为儒臣之职。

晏殊一生富贵闲适，风流多才思；又雅好宾客，喜拔擢后进。幕府之中经常游宴歌吟，诗酒唱和，多有即景感怀、娱宾遣兴之作。本诗即其一，是示与幕中诗侣张先、王琪的。

首联因时兴感。起句点明时令。时值暮春三月，元巳清明将至未至之际，草木萌发，生机勃然。达官贵人，休假踏青；王孙仕女，倾城游赏，最是一年好风光。一幅清明游春图刚欲展现，诗人却用“假未开”三字煞住。次句写实景，有景有人。富贵之家，园林景致清幽。诗人没有用纤秾的彩笔着意渲染，而是用白描手法勾画出一个徘徊幽径的自我形象。“独徘徊”流露出淡淡的哀愁。

颔联承上思绪，渲染气氛，烘托“徘徊”心情。清明时节天气多变。诗人捕捉住蒙蒙细雨的物象，用一个“寒”字来抒发此时此地的身心感受。由于“雨不定”，水汽浮动空间，带来一股漠漠轻寒。“斑斑雨”还暗示花落。清明佳节尚未到来，不定的春雨却已透露春将阑珊的消息。年迈的诗人想到时光流转，人生短暂，迟暮之感油然而生。雨不止，愁不断，只得借酒自遣。“斑斑”形容雨点滴不断之态，“滟滟”写酒满溢之状，两组叠字，低徊要眇。酒和雨本无联系，但都浸透了诗人的伤春愁绪。景、物、情三者交融，浑然一体。

颈联与上相承，又转出新意。“花落去”、“燕归来”都是眼前景，具体可感。“无可奈何”、“似曾相识”，却是抽象的思绪。两句都出之以虚实相间的笔法。出句描写诗人对花落去的眷恋，对句借燕子归来抒写岁月流转，梦耶非耶的朦胧思绪。两句属对工巧，音节流畅，形成委婉凄迷的意境，写景抒情中又含理趣。大化流转，花开花落，人力奈何不得。而旧燕归来，似曾相识，可见人事兴衰，无往不复。二句中所含哲理，颇耐人寻味。李渔云：“琢句炼字，虽贵新奇，亦须新而妥，奇而确，总不越一‘理’字。欲望句之惊人，先求理之服众。”此言甚谛。连晏殊本人也自爱此联之工。《四库全书总目提要》谓：“《浣溪沙》春恨词‘无可奈何花落去，似曾相识燕归来’二句，乃殊《示张寺丞王校勘》七言律中腹联……今复填入词内，岂自爱其词语之工，故不嫌复用耶？”

尾联反转点题，出人意表。诗人既已领悟到人生的哲理，伤春叹逝，无济于事，猛然从愁思中振起，表示要以及时选才为己任。主旨豁然呈露。

“游梁赋客”，借用汉代梁孝王好宾客，一时才士多游梁园之典故以喻己。《宋史》本传：“殊平居好贤，当世知名之士……皆出其门。”显然，诗人把张先、王琪比作当年梁园中的司马相如与枚乘之辈。“风味”即韵味，极称其学识富赡，才思出众。《复斋漫录》云：“晏元献因对王琪大明寺诗板大加称赏，召至同饭，饭已，又同步游池上。对春晚，有落花，晏公每得句，书

【鉴赏】

墙壁间，或弥年未尝强对。且如‘无可奈何花落去’一句，至今未能对也。王应声曰：‘似曾相识燕归来。’自此辟置馆职，遂跻侍从。”记载是否属实，姑置不论，而晏殊对王琪赏识，由此可知。

“青钱万选”典故出自《新唐书》，卷一百六十一载：“员外郎员半千数为公卿，称（张）鷟文辞犹青铜钱，万选万中，时号鷟‘青钱学士’。”晏殊借此称赞张寺丞、王校勘的才能，劝其不要吝惜自己的文才。

此诗回环委婉，波澜曲折。前六句写景，一气呵成，伤春情致含蓄缠绵。结句翼然振起，直抒胸臆。感情基调与前文殊不协调。此乃抑扬之法，先饱抒衰迟之愁，“无可奈何”一句暗转，后突然扬起，气局转新，焕发出异常精神。愁思而不失理智，感伤而不失气度，使对方受到激励。

“无可奈何”两句乃全诗警句，不仅寓情于景，还寓情于理，可谓情理兼胜，所以千百年来传诵不衰。读之令人产生不断的艺术联想，又从中领悟到人生的哲理。对后来宋诗以理路入诗，也许是个启迪。

（许理绚）

【小晏诗】

【原文】

与郑介夫

小白长红又满枝， 筑球场外独支颐。
春风自是人间客， 主张繁华得几时？

晏幾道字叔原，晏殊之幼子，是北宋杰出的词人。他所作《小山词》，黄庭坚称其“寓以诗人之句法，清壮顿挫，能动摇人心”（《小山词序》）。后人对他的词也都评价很高，但是他的诗作流传甚少。厉鹗《宋诗纪事》载晏幾道诗六首，《与郑介夫》即是其中之一。（按《山谷外集诗注》卷七有《次韵答叔原会寂照房呈稚川》及《次韵叔原会寂照房得照字》两诗，可见晏幾道与黄庭坚唱和，还是常作诗的，可惜都不传了。）晏幾道《与郑介夫》诗最早见于赵令畤《侯鲭录》。《侯鲭录》卷四云：“熙宁中，郑侠上书事作，下狱，悉治平时所往还厚善者，晏畿道叔原皆在其中。侠家搜得叔原与侠诗云：‘小白长红又满枝，筑球场外独支颐。春风自是人间客，主张繁华得几时。’裕陵（按，指宋神宗）称之，即令释出。”

这是怎么回事呢？郑侠字介夫，福州福清人，少时受知于王安石。他中进士后，为光州法曹参军。熙宁七年（1074），郑侠秩满入都。因为他在外地做官时看到新法之弊，到京后，数次上书于王安石，言新法之为民害者。王安石派人对他说，想给他较好的官职，他不受，他说，只希望王安石能取其所献利民便物之事行其一二。后来受职监安上门。郑侠看到当时流民扶携塞道，颠连愁苦，于是绘《流民图》，具疏陈新法之弊，上奏于神宗。神宗颇受感动，遂命废止一部分新法。新党吕惠卿等大怒，一方面劝神宗恢复新法，一方面迫害郑侠，并穷治其平日往还厚善者，晏幾道遂受到株连。幸而神宗还算明白，释放了晏幾道，然而郑侠终因吕惠卿之陷害，免职，编管汀州。

晏幾道是宰相晏殊的贵公子，又有才华，本来很容易仕进，但是他性情耿介，厌恶官场，平生不肯"一傍贵人之门"（黄庭坚《小山词序》中语）。不过，他并不是忘怀政治的，他看到当时新法施行不当而带来的种种弊端，心中不满，所以与郑侠很合得来。他给郑侠的这首诗，虽然只有短短四句，但是含蕴丰富，有隐讽之意。首句"小白长红又满枝"，隐喻当时朝廷上一时得意的新贵。第二句尤其值得玩味。时当春日，"小白长红"，到处可见，晏幾道如果只为赏花，何必要去"筑球场外"呢？"筑球"本是宋代极为流行的一种球艺竞技比赛，参加者要分两队以争胜负（《东京梦华录》、《都城纪胜》等书都有记叙）。这种胜负之竞技与当时朝廷中的新旧党争颇有相似之处。所以晏幾道又在"筑球场外"之后加上了"独支颐"三个字。"支颐"者何？有所思之貌也。所思者何？即下文"春风"二句。这二句是对当时新贵的一种隐讽，意思是说，你们这些作威作福之人，亦不过如春风之"主张繁华"，像人间过客一样，终不能久也。"主张"之"张"，读去声，"主张"即是"主管"之意。这首短诗，言近旨远，寄兴深微，可见晏幾道的诗艺也是高明的。郑侠有《和荆公何处难忘酒》一首（见《宋诗钞》二集）云："何处难缄口？熙宁政失中。四方三面战，十室九家空。见佞眸如水，闻忠耳似聋。君门深万里，安得此言通？"表示了对新政的不满，所以晏幾道与郑侠是政见相合的。不过，郑诗是直说，而晏诗则是隐讽，就诗艺而论，晏胜于郑。

如果只读《小山词》，晏幾道仿佛是一个避远政治而以歌筵酒席自娱的人，其实并不尽然。他虽然因为厌恶官场而不介入政治，但是他还是关心政治的，并且有自己的见解。不但在他的《与郑介夫》诗中可以看出来，还有《观画目送飞雁手提白鱼》诗云："眼看飞雁手携鱼，似是当年绮季徒。仰羡知几避矰缴，俯嗟贪饵失江湖。人间感绪闻诗语，尘外高踪见画图。三叹绘毫精写意，慕冥伤涸两踌蹰。”也可看出他对于官场中营谋私利、得失争逐的轻鄙与恐惧。这是晏幾道的另一方面，知人论世者所不可忽略的。(此文采用了叶嘉莹教授《灵谿词说》“论晏幾道词”一文中的意见，此文载《四川大学学报》1983 年第四期。)

(缪　钺)

【附录】

二晏生平与文学创作年表

纪年	年岁	生平经历	主要作品	相关大事
宋太宗淳华二年(991)辛卯	晏殊一岁	生于抚州临川。父晏固,为抚州衙门中的节级。		曾致尧四十五岁,寇准三十一岁,杨亿十八岁,夏竦八岁,范仲淹三岁,张先二岁。
至道三年(997)丁酉	晏殊七岁	能属文。		三月,赵恒即位,是为真宗。寇准迁工部尚书。
真宗咸平六年(1003)癸卯	晏殊十三岁	知州李虚己许妻以女,因荐于杨亿。		
景德元年(1004)甲辰	晏殊十四岁	故丞相张知白安抚江西,以神童荐于朝。		八月,以毕士安,寇准为相。闰九月,契丹以二十万军南侵定州,十一月,南下之澶州,真宗亲征,遣曹利用与契丹议和。十二月,和议成,澶州缔盟。王超罢三路帅,为崇信军节度使。
景德二年(1005)乙巳	晏殊十五岁	三月,廷试,赐同进士出身,擢秘书省正字。		石介生。
景德三年(1006)丙午	晏殊十六岁	迁太常寺奉礼郎。		
大中祥符元年(1008)戊申	晏殊十八岁	十月,迁光禄寺丞。		韩琦生。

续表

纪年	年岁	生平经历	主要作品	相关大事
大中祥符二年(1009)己酉	晏殊十九岁	四月,献《大酺赋》,召试学士院,为集贤校理。		
大中祥符三年(1010)庚戌	晏殊二十岁	为集贤校理。十二月,献《河清颂》,迁著作佐郎。		十二月,陕州黄河再清。
大中祥符六年(1013)癸丑	晏殊二十三岁	丁父忧去官,归临川,真宗夺服起之。		
大中祥符七年(1014)甲寅	晏殊二十四岁	正月,从真宗祀亳州太清宫,同判太常寺礼院。		
大中祥符九年(1016)丙辰	晏殊二十六岁	五月,献《景灵宫》、《会灵观》二赋,迁太常寺丞。 此前丧母,求终服,不许。		
天禧元年(1017)丁巳	晏殊二十七岁	十月,献《维德动天颂》。	诗《丁巳上元灯夕》二首、《正月十九日京邑上元收灯日》、《元夕》、《上元日诣昭应宫分献凝命殿以宪职不预班独归书事》	二月,陈彭年卒。韩维生。
天禧二年(1018)戊午	晏殊二十八岁	二月,为升王府记室参军,再迁左正言,擢史馆。八月,以户部员外郎充太子舍人,知制诰,判集贤院。	诗《升王阁二首》、《送凌侍郎归乡》,词《迎春乐》(长安紫陌春归早)、《诉衷情》(青梅煮酒斗时新)	三月,凌策卒,年六十二。冬,杨亿拜工部侍郎。

续表

纪年	年岁	生平经历	主要作品	相关大事
天禧四年(1020)庚申	晏殊三十岁	八月，拜翰林学士。十一月，为太子左庶子。草《丁谓复相制》，作《谢会灵观铭石本表》。		丁谓与李迪罢相，继而丁谓复留。十二月，杨亿卒，年四十七。苏颂生。
天禧五年(1021)庚申	晏殊三十一岁	为翰林学士。		王安石生。冯京生。
乾兴元年(1022)壬戌	晏殊三十二岁	迁右谏议大夫，兼侍读学士，迁给事中。奉诏撰《天和殿御览》，同修《真宗实录》。		二月，真宗崩，赵祯即位，是为仁宗。八月，刘筠拜翰林学士，十一月除御史中丞。刘攽生。
仁宗天圣元年(1023)癸亥	晏殊三十三岁	作《崇天历序》。		闰九月，寇准卒雷州。
天圣二年(1024)甲子	晏殊三十四岁	三月，预修《真宗实录》成，迁礼部侍郎知审官院。十一月，为郊礼仪仗使。		宋庠、宋祁第进士。
天圣三年(1025)乙丑	晏殊三十五岁	十月，自翰林学士礼部侍郎迁枢密副使。十二月，上疏论张耆不可为枢密使，忤章献太后旨。		十二月，张耆为枢密使。
天圣四年(1026)丙寅	晏殊三十六岁	仍任枢密副使。	诗《丙寅中秋咏月》	

续表

纪年	年岁	生平经历	主要作品	相关大事
天圣五年(1027)丁卯	晏殊三十七岁	正月，罢枢密副使，以刑部侍郎知宋州，改应天府。大兴学校，延请范仲淹掌学，以教生徒。举王琪为府签判。	诗《丁卯上元登夕二首》、《假中示判官张寺丞王校勘》、《次韵和王校勘中秋月》，词《浣溪沙》(一曲新词酒一杯)	正月，夏竦自翰林学士龙图阁直学士，除右谏议大夫枢密副使。
天圣六年(1028)戊辰	晏殊三十八岁	被召还京，拜御史中丞，改兵部侍郎，兼秘书监，资政殿学士，翰林侍读学士。十二月，荐范仲淹为秘阁校理。	词《浣溪沙》(绿叶红花媚晓烟)、《浣溪沙》(湖上西风急暮蝉)、《浣溪沙》(杨柳阴中驻彩旌)	张知白卒。
天圣七年(1029)己巳	晏殊三十九岁	开始营造西园私邸。以次女字富弼。	诗《和王校勘中夏东园》	十一月，范仲淹上疏论上太后寿。宋祁时为国子监直讲。
天圣八年(1030)庚午	晏殊四十岁	正月，知礼部贡举，举欧阳修第一。		张先、刁约、石介皆以此年登第。富弼中制科。沈括生。
天圣九年(1031)辛未	晏殊四十一岁	为三司使。		
明道元年(1032)壬申	晏殊四十二岁	正月，元宵节侍观灯。八月，复为枢密副使，未拜，改参知政事，迁尚书左丞。撰李宸妃墓志。		二月，李宸妃薨。刘恕生。

续表

纪年	年岁	生平经历	主要作品	相关大事
明道二年(1033)癸酉	晏殊四十三岁	二月，谏太后服衮冕飨太庙。四月罢参知政事，以礼部尚书知亳州。	诗《癸酉岁元日中书致斋感事》、《吊苏哥》、《九月八日游涡》	三月，章献太后崩。十一月，范仲淹、孔道辅以谏废郭后贬睦州、泰州。程颐生。
仁宗景祐元年(1034)甲戌	晏殊四十四岁	在亳州，子明远为秘书省校书郎。		正月，西夏入侵。八月，范仲淹知苏州，明年冬召还。杨察举进士甲科。柳永登第。
景祐二年(1035)乙亥	晏殊四十五岁	二月，自亳州徙知陈州。迁刑部尚书。		
宝元元年(1038)戊寅	晏殊四十八岁 晏幾道一岁	殊自陈州召还，为御史中丞三司使，与宋绶详定李照新乐。四月二十三日，晏幾道生。	殊作词《诉衷情》(芙蓉金菊斗馨香)、《诉衷情》(数枝金菊对芙蓉)	十月，元昊称帝，建西夏国。王曾卒。
康定元年(1040)庚辰	晏殊五十岁 晏幾道三岁	三月，殊自三司使刑部尚书除枢密院事。九月，加检校太尉枢密使。		正月，元昊寇延州。 二月，知制诰韩琦安抚陕西。三月，范仲淹知永兴军，改陕西都运使；七月，除龙图阁直学士，与韩琦并为陕西经略安抚副使；八月兼知延州。
庆历元年(1041)辛巳	晏殊五十一岁 晏幾道四岁	殊为枢密使，与陆经、欧阳修等西园宴雪咏诗，以此与修不协。		正月，元昊请和。二月，韩琦与元昊战于好水川，兵败，贬知秦州。七月，元昊寇麟府州，八月寇金明寨。十二月，《崇文总目》成，改集贤校理。郑侠生。

续表

纪年	年岁	生平经历	主要作品	相关大事
庆历二年(1042)壬午	晏殊五十二岁 晏幾道五岁	七月,殊自枢密使加同平章事。十月,作《五云观记》。	殊作诗《壬午岁元日雪》、《次韵和司空相公闰秋重九中书对菊》、《闰九月九日》,文《五云观记》	四月,富弼出使契丹,七月再使。十月,以左正言知制诰,拜翰林学士,固辞。
庆历三年(1043)癸未	晏殊五十三岁 晏幾道六岁	三月,殊自检校太尉刑部尚书同平章事,加同中书门下平章事,集贤殿学士,兼枢密使。	殊作词《拂霓裳》(庆生辰)	范仲淹、韩琦、富弼为执政,欧阳修、余靖、蔡襄等为谏官。四月,遣使如夏州,元昊亦遣使来议和。宋祁以龙图阁学士知杭州,留为翰林学士。王安石及第,谒晏殊。荆王曦卒。
庆历四年(1044)甲申	晏殊五十四岁 晏幾道七岁	元会两禁于私邸。九月,遭孙甫、蔡襄弹劾,殊罢相,以工部尚书知颍州。	殊作词《木兰花》(东风昨夜回梁苑)、《玉堂春》(斗城池馆)	六月,范仲淹自参知政事出为陕西河东宣抚使。八月,富弼自枢密副使出为河北宣抚使。九月甲申,杜衍同中书门下平章事,兼枢密使,集贤殿大学士。九月,吕夷简卒。
庆历五年(1045)乙酉	晏殊五十五岁 晏幾道八岁	殊在颍州,改刑部尚书。		正月,范仲淹罢知邠州,富弼罢知郓州,宋庠参知政事。三月,韩琦罢知扬州。黄庭坚生。
庆历七年(1047)丁亥	晏殊五十七岁 晏幾道十岁	殊在颍州,与梅尧臣唱和。时已着手撰集选。		欧阳修在滁州。

续表

纪年	年岁	生平经历	主要作品	相关大事
庆历八年(1048)戊子	晏殊五十八岁 晏幾道十一岁	春,殊自颍州移陈州,辟梅圣俞。		正月,范仲淹自邓移杭,过陈来谒晏殊。闰正月,文彦博拜相。十月,宋祁知许州。
皇祐元年(1049)己丑	晏殊五十九岁 晏幾道十二岁	八月,殊自陈州徙知许州。四子崇让中冯京榜进士。		正月,欧阳修自滁州移颍州,作启寄晏殊。八月壬戌,宋庠拜相。秦观生。
皇祐二年(1050)庚寅	晏殊六十岁 晏幾道十三岁	秋,殊迁户部尚书,以观文殿大学士知永兴军,辟张先为通判。		
皇祐三年(1051)庚寅	晏殊六十一岁 晏幾道十四岁	殊在永兴军任,辟张洞。		三月,宋庠罢相知河南府。王德用以太子太师致仕。
皇祐四年(1052)壬辰	晏殊六十二岁 晏幾道十五岁	殊在永兴军任。		五月,范仲淹卒于徐州。贺铸生。
皇祐五年(1053)癸巳	晏殊六十三岁 晏幾道十六岁	秋,殊自永兴军徙知河南,兼西京留守,迁兵部尚书,封临淄公。		十月,文彦博知永兴。
至和元年(1054)甲午	晏殊六十四岁 晏幾道十七岁	殊在河南。六月,以疾归京师。八月,疾少间,侍讲迩英阁。		三月,王德用以枢密使。九月,杨察以翰林学士为承旨,欧阳修迁翰林学士,兼史馆修撰。张耒生。

续表

纪年	年岁	生平经历	主要作品	相关大事
至和二年(1055)乙未	晏殊六十五岁 晏幾道十八岁	正月,殊卒。三月,葬于许州阳翟县麦秀乡之北原。谥元献,苏颂为谥议。欧阳修为神道碑,王洙书,仁宗篆碑首,曰“旧学之碑”。幾道任太常侍太祝。	晏幾道此年及之前作词《临江仙》(斗草街前初见)、《南乡子》(小蕊受春风)、《减字木兰花》(长杨辇路)	六月,富弼与文彦博同拜相。
嘉祐三年(1058)戊戌	晏幾道 二十一岁	幾道在汴京,与沈廉叔、陈君龙把酒听曲,作词给莲、鸿、蘋、云演唱,约在本年到嘉祐末之间。	幾道作词《木兰花》(小鞾若解愁春暮)、《木兰花》(小莲未解论心素)	
英宗治平元年(1064)甲辰	晏幾道 二十七岁	幾道与黄庭坚、王肱结交,常携酒客吴无至共相纵饮。		黄庭坚二十岁。
神宗熙宁六年(1073)癸丑	晏幾道 三十六岁	幾道与郑侠在重阳节共饮。		郑侠自光州司法参军秩满入京,安石,言新法非便。
熙宁七年(1074)甲寅	晏幾道 三十七岁	幾道以郑侠事下狱。	幾道作诗《与郑介夫》	四月,王安石罢知江宁府,韩绛拜相,吕惠卿参政。
熙宁十年(1077)丁巳	晏幾道四十岁	王肱卒,幾道为其文作序,今已亡佚。		王肱卒。
元丰元年(1078)戊午	晏幾道四十一岁	兄知止(崇让)为吴县太守,晏幾道往江南依随其兄。父殊墓被盗。		张先卒。刘恕卒。

续表

纪年	年岁	生平经历	主要作品	相关大事
元丰二年（1079）己未	晏幾道四十二岁	春，幾道从江南回汴京。冬，与黄庭坚在汴京聚会。	幾道作词《清商怨》（庭花香信尚浅）、《蝶恋花》（梦入江南烟水路）	
元丰三年（1080）辰申	晏幾道四十三岁	幾道与黄庭坚、王稚川聚会、酬唱。	幾道作诗《会寂照房》，今已亡佚。	
元丰五年（1082）壬戌	晏幾道四十五岁	幾道监颍昌许田镇，写新词献韩维，约在本年到元丰末之间。	幾道作词《破阵子》（柳下笙歌庭院）、《阮郎归》（天边金掌露成霜）、《鹧鸪天》（碧藕花开水殿凉）、《鹧鸪天》（绿橘梢头几点春）、《鹧鸪天》（清颍尊前酒满衣）、《生查子》（远山眉黛长）	晁说之第进士。
元丰八年（1085）乙丑	晏幾道四十八岁	秋，幾道调离许田镇的文书到作词写离开许田镇归途中的回忆。	幾道作词《临江仙》（淡水三年欢意）	
哲宗元祐元年（1086）丙寅	晏幾道四十九岁	幾道返京，《小山词》结集约在此时。	幾道词《临江仙》（梦后楼台高锁）、《鹧鸪天》（彩袖殷勤捧玉钟）等当作于此前不久。	四月，王安石卒。九月，司马光卒。

续表

纪年	年岁	生平经历	主要作品	相关大事
元祐三年(1088)戊辰	晏幾道五十一岁	苏轼欲因黄庭坚见晏幾道，幾道辞之。		
徽宗崇宁元年(1102)壬午	晏幾道六十五岁	幾道由乾宁军通判调任开封府推官。		
崇宁四年(1105)乙酉	晏幾道六十八岁	闰二月，幾道因两经狱空转一官。		黄庭坚卒。
崇宁五年(1106)丙戌	晏幾道六十九岁	幾道辞官，退居京城赐第。		
大观元年(1107)丁亥	晏幾道七十岁	幾道应蔡京之请作词二首。	幾道作词《鹧鸪天》(九日悲秋不到心)、《鹧鸪天》(晓日迎长岁岁同)	
大观四年(1110)庚寅	晏幾道七十三岁	九月，幾道卒。		

(青　杨)

图书在版编目(CIP)数据

二晏词鉴赏辞典／上海辞书出版社文学鉴赏辞典编纂中心编. —上海：上海辞书出版社，2015.12(2023.2 重印)
(中国文学名家名作鉴赏辞典系列)
ISBN 978-7-5326-4524-4

Ⅰ.①二… Ⅱ.①上… Ⅲ.①晏殊(991～1055)-宋词-诗歌欣赏-词典②晏幾道(1038～1110)-宋词-诗歌欣常-词典 Ⅳ.①I207.23-61

中国版本图书馆 CIP 数据核字(2015)第 269096 号

二晏词鉴赏辞典

上海辞书出版社文学鉴赏辞典编纂中心　编

责任编辑　霍丽丽
装帧设计　姜　明
技术编辑　顾　晴

出版发行　上海世纪出版集团
上海辞书出版社(www.cishu.com.cn)
地　　址　上海市闵行区号景路 159 弄 B 座(邮编 201101)
印　　刷　上海新艺印刷有限公司
开　　本　890 毫米×1240 毫米　1/32
印　　张　6
字　　数　149 000
版　　次　2015 年 12 月第 1 版　2023 年 2 月第 2 次印刷
书　　号　ISBN 978-7-5326-4524-4/I·293
定　　价　88.00 元